1
馬路まんじ
Manzi Mazi
──イラスト
ファルまろ
falmaro
「これが正義の力だぁあああッ!!!」
投げられた牛肉片が白き光に包まれ、一瞬にして数百匹の『牛』の群れへと姿を変える──!
底辺領主の勘違い英雄譚
──平民に優しくしてたら、いつの間にか国と戦争になっていた件──
The Story of Lord,Devastated Manor
who Grows by Misunderstanding
The Case that Fought Against King
when He was Gentle to Commoners and Noticed

リゼ・ベイバロン
RIZE BABALON
「牛肉食えオラ」
「ピギャァアアッ!?」

「うぅぅぅう、リゼどの～～～～～っ！
何なのだ、この気持ちはッ⁉」
「さぁさぁリゼ様、
わたしと一緒に

イリーナ
IRINA
アリシア
ALICIA
「さぁほら、言ってみなさい？」
泳ぎましょうッ！」

The Story of Lord,
Devastated Manor
who Grows by
Misunderstanding

底辺領主の勘違い英雄譚

平民に優しくしてたら、いつの間にか国と戦争になっていた件

The Case
that Fought Against King
when He was Gentle
to Commoners
and Noticed

1

馬路まんじ
Manzi Mazi

イラスト
ファルまろ
falmaro

CONTENTS

The Story of Lord, Devastated Manorwho Grows by Misunderstanding

第一話 チンピラに媚びよう！

『テメざッけんじゃネェぞアァァアァァアンッッ!? 元死刑囚舐《な》めてんのかオォォォォオオンッ!?』

『何だとオラァァアァアンンッ!? 伝染病移すぞアァアアアンッ!?』


……朝っぱらから最悪の気分だった。

外から聞こえてくる異常者どもの叫びを聞きながら、俺はボロボロの領主邸で具のないスープをズルズルと啜《すす》っていた。


結論から言おう――俺の領地『ベイバロン』は完全に終わっていた。

土地はやせ細っている上に害獣は多く、作物なんてろくに採れやしない。

さらに領民もやベー奴《やつ》らばかりだ。どっかの土地から逃げてきた犯罪者どもに、追い払われてきた病人や亜人種や異教徒たちばっかだ。まともなヤツなんて俺以外居やしない。

問題が起きなかった日なんて一日たりともなく、貴族とは思えないほど貧しくて殺伐とした環境の中で俺の表情筋は見事に死亡。いつしか無表情がデフォルトになり、ついでに両親はストレスを忘れるためにヤケ酒しまくって、アルコール依存症で先日死にやがった。チクショウ、逃げるな。

そんなわけで、俺は十代も半ばにして家督を継ぎ、下級男爵『リゼ・ベイバロン』として領民たちを治めていかなければならなくなったのだが——ぶっちゃけ、無理だろ。

死んだ両親はそこそこの威力の『攻撃魔法』が使えたから害されることはなかったが、俺は『回復魔法』しか使えないのだ。このままでは凶悪な領民たちに遊び半分に殺されるに決まってる。

そうして悩むこと数日。ついに俺は、生き残るために一つの決断を下したッ！

「——よーし、領民たちに媚《こ》びへつらうかぁ！！！」

傷付いている奴がいたらすぐに治してやって、要求があれば出来る限り叶《かな》えていこう！

〝魔法とは貴族と王族のみに与えられた神の力だ。下賤《げせん》な平民たちを畏怖させ、使役させるためのものだ〟——とかなんとか大昔から伝えられてるけど、そんなもん知るかッ！

このままだと間違いなく殺されるんだよォ！

……生きるためなら、神聖なる力だろうが野良犬にだって振る舞ってやるわ！

せっかく貴族に生まれたってのに、一度も贅沢《ぜいたく》もせずに死んで堪《たま》るかオラァッ！！！

「たとえ平民の足を舐めることになったってかまわねぇ。生きて生きて生き足掻《あが》いて、せめて死ぬ前に一度……腹いっぱいステーキを喰《く》ってやるッ！」

そう決意した俺は、勢いのままに屋敷の外へと飛び出していったのだった。

◆　◇　◆

——なんだ、この男は……！

それが、突如現れた新領主に対する、ベイバロン領の荒くれ者たちの印象だった。

彼らにとって貴族とは、魔法という恐ろしい力を笠《かさ》に暴力を振りかざす最悪の存在であった。

特にこのベイバロン領は、貴族の暴虐に耐え切れずに故郷を逃げ出した者や、無理やり追い出された者が大勢集まる場所だった。

ゆえに貴族への恨みは骨身にしみている。前領主が死亡し、まだ年若い子息が跡を継ぐとわかった日には、全員でリンチしてこの土地を乗っ取ってやろうと画策していたほどだ。

そうして寂れた酒場に集まり、計画を練っていた時に――『彼』は突然現れ、こう言い放ってきたのである。


「――お前たちの痛みと傷は、全てこの俺が癒してやろう」


……最初、荒くれ者たちはその言葉の意味が分からなかった。

その意味を吟味するよりも先に、胸の中の復讐心《ふくしゅうしん》が一気に燃え上がるッ！

「お……お前たち貴族のせいで、オレは片腕をォオオオッ！！」

一人の男が咆哮《ほうこう》を上げる。

かつて彼は庭師を務めていたものの、ふとしたことから領主の機嫌を損なってしまい、面白半分で片腕を切り落とされてしまったのだ。

そうして失職に追い込まれた日の怒りと悲しみを思い出しながら、男は貴族の少年に殴りかからんとした！

だが、しかし。

「なるほど、お前は片腕がないのか。では生やしてやろう」

「えっ？」

――その瞬間、奇跡は起きた。

少年が一言呪文を唱えるや、まばゆい光が寂れた酒場に溢《あふ》れかえったのだ。

誰もがギュッと目を閉じ、やがて恐る恐る開いていくと……、

「あっ、あぁ、あああぁあぁあああッ！！？　オレの、オレの腕が生えてるぅうううッ!?」

そこには、驚愕《きょうがく》の声を上げる片腕だった男がいた――！

生えたばかりの白い腕を何度も何度も触り、動かし、やがて彼は震えながらその場に膝をつく。

「ぁ、ありが、とう……本当に、ありがとう……ッ！」

「いいさ、領主として当然の務めだ」

むせび泣く男の肩を、少年は優しく手で叩《たた》いた。

そんな光景に呆然《ぼうぜん》とする荒くれ者たちに、彼は悠然と歩み寄りながらこう告げる。

「片目がない者、片足がない者、明らかに病んでいる者と……なるほど、傷病人のオンパレードだな。いいだろう、全員治してやる」

かくしてこの日――荒れ果てたベイバロン領に幾度もの奇跡が巻き起こり、その数だけ喜びの涙が地面を濡《ぬ》らした。

「オッ、オレの目が見えるようになったぁああぁッ!?」

「また歩けるようになるなんて……ッ！　あ、ありがとう、領主様……ッ！」

「本当にありがとう……我らが領主、リゼ様ぁッ！」

感動に打ち震える領民たち。

だがしかし――彼らは知らなかった。恩人である年若い領主が、ただ保身のためだけに善行を働いているだなんて……！

第二話　農民に媚びよう！

平民たちに媚《こび》を売り始めてから一か月。『ベイバロン』領の雰囲気は明らかに良くなった。

町外れの農地を視察しに行けば、農民たちが笑顔で手を振ってきてくれる。

「リゼ様ぁ！　ピカピカの鍬《くわ》ぁ買ってくれてありがとなぁー」

「領主として当然のことだ。これからも仕事に励んでくれよ」

喜んでくれているようで何よりだ。なけなしの貯蓄で新品の鉄製農具を取り揃《そろ》えてやった甲斐《かい》があった。

死んだ両親はなぜか、農民たちに木の農具を与えてたからなぁ。

ウチの領地は土が硬いんだから、そんなもんじゃまともに畑いじりできねーだろ。馬鹿じゃねーの？

あいつら何を考えてたんだろうと思っていると、農民たちのまとめ役らしい奴が気まずそうに声をかけてきた。

「お、おーいリゼ様ぁ！　オレんとこのバカ息子が、鉄の農具をいじって怪我《けが》しちまった……！　まぁ大怪我ってほどじゃないんだが……その」

「ああ、治してやるから遠慮するな。どんなに些《さ》細《さい》な傷だろうが、領民の傷は俺の傷でもあるんだからな」

「ぁ、ありがとうごぜぇます、リゼ様ッ！」

適当にいいことっぽいことを言ってやると、まとめ役の男は大げさに頭を下げてくるのだった。

ふふふ……この調子で少しでも食糧事情を改善してくれよ？　俺に美味《うま》いものを食べさせるためになぁッ！

◆◇◆

――鉄の農具を与えられた時、農民たちは喜ぶよりも先に戸惑った。〝この年若い領主は何を考えているのだろう〟と。

鉄の農具は、いざとなれば反逆の武器にもなり得る。

ゆえに、ほとんどの領地では領主からよほどの信頼を得ている大農家でない限り、所有することは許されない物だった。

特に、攻撃魔法の才能に乏しい領主が治めている土地となればなおさらだ。

だというのに――回復魔法しか使えないという新しき主君は、土埃《つちぼこり》にまみれた農地に嫌な顔もせず現れて、鉄製農具を十分な数置いていったのである。

「そんなボロボロの農具では仕事もはかどらないだろう。ぜひともこちらを使ってくれ」

そう、平坦《へいたん》ながらも優しさを感じさせる声色で告げながら。

ああ――それだけならばまだよかった。農民たちは戸惑いつつも、まぁくれるならと素直に受け取って穏便に終わった事だろう。

だがここで、一つの事件が起きてしまう。

「チッ、チクショウッ！　この貴族野郎めっ！　またオイラたちをいじめにきたんだな！」

なんと農民たちのまとめ役である男の息子が、領主に向かって泥団子を投げたのだ――ッ！

彼の横顔にビチャリと泥がついた瞬間、場の空気が凍り付いた。

そして数秒後……農民たちは思い至る。このままでは、あの子供が殺されてしまうと！

そんなことはさせてなるものか。ゆえに彼らは貰《もら》ったばかりの農具を手に取り、年若い

領主を襲おうとしたのだが――しかし、

「そうか……たしかこの辺の農民たちは、酷《ひど》い領主の下から逃げてきたんだったな。驚かせてしまって済まなかったな、少年」

「なっ……なんでアンタがオイラに謝るんだよっ⁉　顔に泥団子をぶつけてやったのに……！」

「なに、それだけ元気が有り余ってたってことだろう？　だったらむしろ、領主として喜ばしいことだ。――これからはその元気を、ご両親の手伝いのために使ってくれよ？」

そう言って彼は、困惑する子供の頭をくしゃくしゃと優しく撫《な》でたのだった。

「っ……！」


その光景に農民たちは毒気を抜かれ――そして、新たなる領主を前に一斉に膝をついた。

「オ、オレのバカ息子がすまねぇッ！　オレ、アンタのために必死で働くよ！！！」

「信じらんねぇ……アンタみたいな優しい貴族様がいるなんて……っ！」

「アンタがくれた農具に誓うよ！　オレたち、頑張ってこの土地を大農園にして見せるって！」

跪《ひざまず》きながら涙を流す農民たち。それほどまでに、リゼ・ベイバロンの取った行動は衝撃的だった。

薄汚い子供の暴挙を許し、まるで兄のように諭してやるなど……貴族にゴミ虫扱いされてきた農民たちにとっては、信じられないことだった。

ああ、今ならば理解できる。彼は自分たち領民のことを心から信頼し、鉄の農具を与えてくれたのだと！

こうして、農民たちはあっさりとリゼに心酔し――それと同時に、こう思ったのだった。

〝もしも彼のような人物がこの国の王になってくれたら、一体どれだけ素敵だろうか……ッ！〟と。

第三話　宗教に媚びよう！

平民たちに媚を売り始めてから二か月。『ベイバロン』領は急速に発展していった。

まずは身体《からだ》を治してやったチンピラどもの手を借りて、全ての田畑に水が行き渡るように水路なんて造ってやったな。

本来ならば何か月もかかる重労働なんだが、そこで俺の回復魔法の出番だ。

傷を治すだけじゃなくて疲労を吹っ飛ばすことも出来るため、わずか数日で作業を終えることが出来た。

ちなみに〝疲労がポンと抜ける魔法〟を使うと気分がめちゃくちゃアガる上に、疲労からの超回復でベースの筋肉も成長するらしく、チンピラどもも張り切って仕事を務めてくれたよ。

最終的には超回復を繰り返し過ぎて、騎士も真っ青の筋肉ゴリゴリモンスター集団になっちまってたけど、『ありがとうなリゼ様ッ！　これで野獣に襲われても負けないぜッ！』とか喜んでたから良しとしよう。

実際に超進化したチンピラどもに田畑を荒らす害獣の駆除を任せたら、領内から絶滅させやがったしな。アイツら怖いんだけど、マジで。

ま、とにかく農耕関係の問題ごとは片付いたな。農民たちもやる気満々で仕事してくれてるし、収穫の時が楽しみだ。

となれば、後の問題は……、

「――あの、領主様。わたしの話を聞いていますか？　それでですね、今この国で崇《あが》められている『女神ソフィア』は偽物の神であり、実際には『デミウルゴス』様という神がこの世界を創ったわけでして――！」

「ああ、聞いてる聞いてる」

考えごとをやめ、先ほどからやたらと熱心に語っている銀髪シスター服の少女に向き直った。

名はアリシアというらしい。見た目だけなら可愛《かわい》らしい女の子だ。キラキラと輝く碧眼《へきがん》には思わず引き付けられそうになる。あとおっぱい大きいし。

……しかしこのアリシア、若くして『デミウルゴス教』という宗教の指導者様を務めているらしい。

それなりの数の教徒がいるそうだが――残念なことに、この国は『ソフィア教』以外の宗教を認めていない。

よって、処刑すべき邪教徒として信者と一緒に追いかけ回され、この脱走者まみれの領地に逃げ込んできたというわけだ。

うん、可愛いのに色々と残念な子だな。クレイジーな『ベイバロン』領の領民にピッタリだぜ。

そんなことを思っていると、アリシアのトークが最高潮に達した。

「『ソフィア教』は歪《ゆが》んでいますッ！　〝魔法は神が与えし力。よって、下劣な平民たちのために使うなど言語道断〟という間違った教えを広めているッ！

間違いなく、大昔の王族や貴族たちが、自分たちを『神に選ばれた上位存在』だと特別視させるために作った、都合のいい偽物の宗教ですッ！」

「なるほどなるほど」

「それに比べて『デミウルゴス教』は違いますッ！　魔法は神が与えたモノという考えだけは同じですが、我々は〝平民たちを救い、導くために貴族に与えられた力〟だと認識していますッ！」

「なるほどなぁ」

ああ……うん。そりゃ邪教扱いされて追い回されるわ。『ソフィア教』に真っ向から逆らっちゃってる上に、貴族たちに何の利益ももたらさない思想だもん。

誰だってラクしたいよ。魔法を使えばそれなりに疲れるしさー。

つーかこの子、朝から屋敷に突撃してきて、おめめキラッキラさせながらずっと喋《しゃべ》ってるんだけど何なわけ？

「――というわけで、リゼ様ッ！　魔法の力を平民たちのために使っている貴方《あなた》こそ、まさに理想の貴族の姿というわけですよッ！

ぜひとも『デミウルゴス教』に入信をッッッ！！！」

あ、あー……そういうことね。魔法を使いまくって平民たちに媚《こび》を売る俺の姿が、まさにコイツの理想像だったってわけか。それで勧誘に来たと。

どうしよう、すっごく断りたいんだけど……でもこの残念銀髪美少女シスター、百人近くの教徒を持ってるそうなんだよなぁ。世の中頭のおかしい奴《やつ》がたくさんいるもんだ。

ヘタに断って暴動とか起こされると怖いし……よし、しょうがない。

「いいぞ、シスター。俺も『デミウルゴス教』の教義に感銘を受けた。ぜひとも俺を教徒の末席に加えてくれ」

「おっ、おおおおおおッ!?　ナイスご判断ですよリゼ様ッ！！　アナタほどの人であれば、末席どころか大幹部の席だってプレゼントしちゃいますよぉ～！」

まさに小躍りせんばかりの喜びっぷりで、俺の手を取って上機嫌に笑う銀髪シスター。うむ、ピョンピョンと跳ねるたびに無駄に発育した胸も弾んでいい感じだ。ベッドの中でも神の偉大さとか語ってきそうなので、親密な関係になるのは遠慮したいが。

まぁよくわからない宗教に入ることになっちまったが、これで他の教徒連中も俺に懐いてくれることだろう。

ナイス判断だったな、俺！

「ああ、そういえば町はずれに古い集会所があったな。あそこを手直しして教会として使うといい」

「なななっ、なんとぉおおおおおおおおおおおおおおっ!?　貴族たちから害虫のように扱われてきたわたしたちに、教会を用意してくださるなんてッ！

噂《うわさ》の通り、なんと優しい方なのでしょうか……ッ！　まさかアナタがデミウルゴス様に選ばれし『救世主』様なのでは!?　いえ、そうに違いありませんッ！　このアリシア、一生アナタに尽くさせていただきますッ！」

何やらよくわからないことを言いつつ、銀髪シスターことアリシアは深々と頭を下げてくるのだった。

よし、勧誘問題も一件落着っと！　やっぱり平和で静かなのが一番だぜ！

いや～リゼくんってばホントに有能領主だよなぁ！

貴族社会に怨《うら》みを持ったチンピラや農民たちを心酔させて手下にして、さらには国教に真っ向から逆らう宗教を保護して、指導者に教会を与えて飼い慣らしちゃうなんてッ！

これは平和に向かってること間違いなしだねっ！！！　はっはっはっはっはっはっはっはー！

第四話　移民に媚びよう！

俺が『デミウルゴス教』とやらに入ってから一週間。百人ほどだった信徒が三千人に膨れ上がったらしい。

ってどうしてそうなった……！　どんな勧誘テクを発揮したらそんなことになるんだよッ!?

銀髪シスターのアリシアに何をしたのか聞いてみると、〝貴族は平民のために魔法の力を使うべきである〟という教義に加えて、〝それを実行しているリゼ様こそ真の貴族ッ！　彼以外の貴族・王族は全て劣等ゴミ虫なのですッ！〟とヘイトスピーチをかましたら、俺のファン層を丸っと取り込んで信者がモリモリ増えたらしい。なんて女だコイツ。

……まぁ、元からデミウルゴス教の教義は平民にとって魅力的なものだったからな。それに加えて、俺が好感度を稼いだ連中にそんなことを語れば喜んで入るか。

うーん、でもこんな教団を領内に抱え持ってることが他の貴族なんかにバレたら、間違いなく問題に……ま、いっか。

なにせベイバロン領といえば、犯罪者に脱走者によくわからない病気の人たちの最終逃亡地点として有名だからな！　変な宗教の一つや二つくらい『あ、邪教あるじゃん！　さすがベイバロン領だな！』って感じで見逃してくれるだろ。

つーかウチの領、貴族どころか旅行者すらも来たことねぇし。この世の最底辺として扱われてるみたいだしな！　はっはっはっはっはー！　泣けるー！


――そんなことを思いながら領内を視察して回っていると、不意に『イヌ耳』の女が駆け寄ってきた。


「おーいリゼ殿よっ！　今日も仕事に励んでいるのか!?」

金色の髪を靡《なび》かせながら、元気な笑顔で声をかけてきたイヌ耳美女。

彼女こそ、ベイバロン領の外れにある雑木林を我が物顔で乗っ取っている『獣人族』のリーダー、イリーナである。獣人族特有の布を巻き付けただけみたいな痴女ファッションが特徴的だ。

「よぉイリーナ、今日も元気だな」

「うむ〜！」

すり寄ってきたので頭を撫《な》でてやると、気持ちよさそうに目を細めた。うーん可愛い。そしてエロい。

……たしか数年ほど前だったか。俺んところの国が獣人の国を攻め滅ぼし、コイツらのことを奴隷種族としてとっ捕まえてきたのだ。

それ以降、獣人たちは各地で過酷な労働を強いられており、このイリーナと数十人の仲間たちはそんな環境に堪えかねてどっかから逃げてきたそうだ。

そのような過去があり、最初は俺に対しても警戒心剝《む》き出しだったのだが、そこは有能領主のリゼ様だ。仲間たちの怪我《けが》を治療してやって、山ほど肉をくれてやったら、コイツら喜んで尻尾を振りやがった。うむ、ちょろい。

「どうだイリーナ、仲間たちの調子は？」

「うむっ！　リゼ殿の治療のおかげでみんな絶好調だぞ！　それに食糧もたくさんくれたし、貴殿は本当にいい奴だ！」

はっはっは、いいってことよ！

……チンピラどもに狩らせまくった害獣どもの死骸、どうしようか困ってたからなぁー。

イノシシとかだったら捌《さば》いて食えたんだが、ベイバロン領に生息している害獣どもは、近ごろ動物の枠から追い出されて『モンスター』という分類にカテゴライズされたやべー奴らばかりだ。

スライムは酸性で食えないし、ゴブリンの肉はめちゃくちゃ臭いし、スケルトンはそもそも骨だけだしさ。

だけど、そんな奴らを数百体も燃やすとなるとかなりの油代がかかるし、でもしっかりと燃やさないと再生することもあるっていう謎生物どもだからなー。

さてどうするべきかと迷っていたところで、俺は『獣人族』の存在を思い出したのだ。

大自然の中で暮らしていただけあって、害獣ことモンスターどもだって平気で食べてきたらしい。ゆえにモンスターの調理法も心得ており、試しに死骸の山をプレゼントしてやったら大喜びで受け取ってくれた。

まぁモンスターの肉って腐りづらいのを通り越して蘇《よみがえ》ってくるからな。お腹《なか》の中で復活されたら堪《たま》ったもんじゃないんだけど、よく食えるなーコイツら。

「さて、リゼ殿の顔も見れたし日が暮れる前に帰るとしよう。遅くなると爺《じい》やがうるさいからなぁー」

「ああ、お前のことを『姫様』と呼んでる爺さんか。……獣人族には敗戦で処刑された王族以外にも、いくつかの豪族があったらしいな。やはりイリーナはどこかの族長の娘だったりするのか？」

「んっ、んー……まぁそんなところだな！　ていうかリゼ殿も使用人の一人くらい雇えよ！」

ってうっさいわ！　お給料支払えるだけの余裕がないんじゃい！　どうせ俺一人だから、世話されるまでもないやいバカーっ！

そんな悔しさを胸に秘め、元気に去っていく金髪イヌ耳美女を見送るのだった。ばいばーい。

◆◇◆

——イリーナにとって、リゼはまさしく『救世主』だった。

逃亡生活の中で傷付いた同胞たちを癒してくれただけではない。

狩りの難しさから、獣人国では高級食に値するモンスターの肉を山ほど与えてくれた上、林に住まうことを正式に許可してくれたのだ。

久々に食べた美食の味に、獣人たちはむせび泣いた。イリーナもまた、その懐かしい味わいから昔を思い出して涙した。

その夜、数年ぶりに持った『自分たちの土地』で寝る気分は格別だった。

コソコソと各地を逃げ回ってきては、ネズミのように生きる生活を送ってきたイリーナたち。

そんな日々の中で傷付いていった尊厳が、癒されていくような気がした。

ゆえにイリーナは決意する。リゼから受けた莫大《ばくだい》な恩義。これに報いなければならないと。

「――同胞たちよ。この先どのようなことがあっても、私についてきてくれるな？」

『ははぁ――――ッ！！！』

凛《りん》とした声で問うイリーナに、獣人たちは一斉に跪《ひざまず》いて頭《こうべ》を垂れた。

〝恩人であるリゼを害そうとする者は、命を懸けてでも滅殺する。たとえそれが、この国の王であろうとも――！〟

それが――獣人国最後の王族、『イリーナ姫』の下した決断であった。

第五話 ✝ 冒してみよう、神の禁忌！

――獣人たちに肉やら土地やらを提供してやってから一か月。獣人グループの数が、数十人から数百人に増えた。

ってどうしてそうなった!? てか前にもこんなことあった気がするんですけどォ!?

金髪イヌ耳リーダーのイリーナに何をしたのか聞いてみると、〝各地に点在している逃亡奴隷グループをこっそりと掻《か》き集めてきた〟とのこと。

うーん、あんまり数を増やされると暴動が怖いから嫌なんだけど……ま、いっか。みんなイリーナのことを『またお会いできるなんてッ！』『姫様万歳ッ！』って感じで慕ってたしな。そんなイリーナを援助してやった俺に対してもやたら大げさに感謝してくれたし。

……それと、流石《さすが》は最悪の土地・ベイバロン領と言うべきか。近隣の領地から追い払われてきたモンスターたちがここに集結するようになってるらしく、もう狩っても狩ってもキリがない。おかげで獣人たちの食糧の心配をしてやる必要はなさそうだとわかった。

……アイツらにとってはごちそうらしいから喜んでたけど、普通の人間からしたら堪ったもんじゃねーよ！ どんだけ残念な土地なんだ、ベイバロン領……ッ！

はぁ～。普通の豚や牛もモンスターどもみたいにすごい再生力があったら、お肉がいっぱい取れるのになぁ。

ふとそんなことを思った瞬間――俺は閃《ひらめ》いてしまったッ！

「あっ、そうだ！！！　俺の回復魔法を家畜にかければいいじゃんッ！」

ナイスアイディアじゃねーか俺ッ！

貴族や王族の間では、〝魔法は神が与えた力。下劣な平民や、ましてや人間以下の畜生を癒すために使うなど不潔の極み。魔力が汚れる最悪の禁忌〟――なーんて言われてるけど、ンなもん知るかボケェ！

こちとら最悪の領地、ベイバロン領の生まれだぞッ！　よくわからない病気で家畜がすぐ死ぬから、全然お肉が食べられないんだよぉ！

「よーし、さっそく牧場の人に掛け合いにいこっと！」

あーあ、もっと早く思いついてりゃすぐに禁忌を冒してやったのになぁ。常識人すぎるところが玉《たま》に瑕《きず》だね、俺！

◆

◇

◆

「――リゼ様バンザァァァァァァイ！！！」

「バンザァーイッ！　バンザァーーーーーーイッ！！！」

うーーーーーーーーん、とんでもないことになっちゃったなぁ。

たくさんの領民たちに崇《あが》められながら、俺は数時間前のことを思い出す。


結論から言えば、俺の目論見《もくろみ》は成功した。

全身の肉を剝ぎ取った死にかけの牛に回復魔法を使ったところ、見事に解体される前の姿に戻ったのだ。

もちろん俺は大喜び。飼い主である牧場のおじさんもほっと胸を撫でおろしていた。

そう。それだけならよかったんだが――ここで一つ、大問題が起きた。

なんと、切り落とされた肉の山のほうまで再生してしまったのだッ！　元の牛と同じ斑点模様をした牛たちが、肉片の数だけ誕生してしまったのである！

これには俺もビックリ仰天。牧場のおじさんはガクガクと震えながら腰を抜かすや、俺のことを『神の使徒様』だとか言って拝んでくる始末だった。

そして数時間後には他の領民たちにも知れ渡り、こんな状況になってしまったのだ。

……いやぁ、ウチにはろくな本がないし、貴族のパーティーなんかにも一回も呼ばれたことがないから、俺知らなかったよ。

回復魔法って、素材さえあれば命の創造まで出来ちゃうんだねッ！　新鮮なお肉が食い放題じゃねぇか！


「「「リゼ様万歳ッ！　私たちは一生ついていきますッ！」」」

「「「モォ〜！　モォ〜！」」」

はははは、可愛《かわい》いやつらめ。

怖いくらいにおめめをキラキラさせた領民たちと、とりあえず百頭ほど量産してみた牛たちに囲まれながら、俺は明日からの豊かな食生活に思いを馳《は》せるのだった。

第六話 奴隷に媚びよう！

――家畜の量産に成功してから、ベイバロン領の雰囲気は輪をかけて良くなった。

やっぱり肉を食えば力が出るってもんだ。みんな元気に働いてくれて、領内は急速に発展していった。

俺もあの一件で『命を操作する』って感覚がなんとなく掴《つか》めたからなぁ。試しに農作物に活性化の魔力をつぎ込んでみたところ、なんと急成長させることに大成功ッ！　これでサラダが食べ放題だぜ！

さらには家畜のエサとなる草も量産しまくって、今やベイバロン領は緑あふれた大地と化していた。


それに街の景観もガラリと変わった。

朽ち果てていた建物は次々と建て直されていき、各所には噴水なども設置され、剥《む》き出しだった地面は立派な石畳で舗装されていた。

少し街を歩いてみれば、客引きをする商売人たちや元気に遊ぶ子供たちの声が溢《あふ》れかえってくる。

「お前たち、調子はどうだ？」

「おぉ、これはリゼ様ッ！　おかげで繁盛しておりますぜッ！」

「あ、領主さまこんにちはー！」

ああ、俺が領主になる前の陰鬱さが嘘《うそ》みたいだ。声をかけてやると、みんな笑顔で応えてくれた。

——ふふふふ、ここまでよくやってきたなぁ俺ッ！　問題が山積みだったベイバロン領をここまで平和な土地にしちまうなんて、俺ってば王族から褒められるべきだと思うよ！

まぁイリーナの下に集まってきた獣人たちがついに千人を超えたけど平和平和！　ついでに回復魔法の影響で筋肉ゴリゴリモンスターと化したチンピラたちとなぜか武装訓練したりするけど全然平和！

あと命の創造をやらかしてからは銀髪シスターのアリシアがさらにハッスルして、全領民を『デミウルゴス教』の信者にしちゃった上に、〝リゼ様こそが真なる王族ッ！　他の貴族は単なる俗物ッ！　奴《やつ》らの血肉でこの地を聖地にしようぜファック！〟とか謎のヘイトスピーチをかましまくってるけど余裕で平和だなッ！

だってベイバロン領って頭のおかしい奴らの集会所として有名だもんね。

この現状が他の貴族たちにバレたところで、『あ、領民たちが発狂してる！　さすがべイバロン領だなぁ！』って感じで見逃してくれるだろ。たぶん。

それにだ。いざとなれば、唯一常識人にして超有能領主であるこのリゼ様が手綱を引けばいいだけだしな！　はっはっはっはっは！


よぉーーーーし、最近は税収もよくなってきたし、俺も貴族っぽいことしてみますかぁ！

隣の領地の奴隷商から、奴隷をいっぱい買い漁《あさ》っちゃうぞぉ！！！　うへへへへへへ！

◆◇◆

「うぅっ……どうしてこんなことに……っ！」

ガタゴトと揺れる荷台の上で、奴隷の少女たちは震えていた。

「わたしたち、あの『ベイバロン』領に売られるって……！」

「いやだよぉ……もうおしまいだよぉ……！」

ベイバロン領の劣悪さは全国民に知れ渡っていた。

土地はやせ細り、モンスターが溢れ、領民たちは頭のおかしい者ばかりなのだと。

行ったら終わりの地獄の領地。それが、ベイバロン領に対する少女たちの認識だった。

「あはっ、あははは……！　わたしたち、どんだけ『女神ソフィア』様に嫌われてるんだろうね。ただでさえ、こんな身体《からだ》だってのにさぁ……」

腕のない少女が漏らした言葉に、誰もがさめざめと涙する。

そう──彼女たちは奴隷の中でも格安にして最低の扱いを受ける、『傷病奴隷』たちだった。

誰もが身体の一部を欠損しているか、あるいは死病に冒されているのだ。

そうして少女たちは家族に売り払われ、奴隷に堕《お》ち、ついには最悪の土地の領主にまとめて買われることになってしまったのだった。

「……貴族なんてみんなろくでなしだよ。それにベイバロン領の領主となれば、平気で命を弄ぶような頭のおかしい鬼畜野郎に決まってるッ！　どうせわたしたち、いっぱい苦しめられて殺されるんだ……！」

「死にたいよぉ……誰か殺してよぉ……！」

死んだ魚のような瞳で、少女たちはむせび泣く。

ああ、このまま全員で舌を噛《か》み切って死んでやろうか。そうすれば邪悪な貴族に最後に一泡吹かせてやれるだろう。

誰もが本気でそんなことを考え始めた――その時だった。

「よぉ嬢ちゃんたち。オレらの領地が見えてきたぜぇ」

ベイバロン領に続く丘を登り切った瞬間、荷馬車を操っていた強面《こわもて》の男が声をかけてきた。

ついに来てしまったのかと少女たちは死んだ瞳で前を見る。

すると――、

「えっ……なにこれぇえええええええっ!?」

そこには、うるおいに満ちた緑の大地が広がっていた――!

子牛や子豚が元気に野原を駆け回り、田畑は立派な作物で溢れ、多くの農民たちが笑顔で収穫作業をしていた。

その光景に奴隷の少女たちは呆然《ぼうぜん》とする。

ああ……ここは本当にベイバロン領なのだろうか？

命の輝きに満ち溢れた様は、まるで絵本の世界のようだ。まさか自分たちは幻覚でも見ているのでは？

そんなことを思ってしまうくらいに、目の前に広がる光景は考えられないものだった。

だがしかし、これはほんの序の口。

馬車が街へと入っていけば、彼女たちはさらに驚愕《きょうがく》することとなる。

「――おぉ、いらっしゃい嬢ちゃんたち！　ベイバロン領にようこそだッ！」

「領主様が引き取るって言ってたのはアンタたちか！　そんな身体になっちまって今まで大変だったよなぁ……っ！　やっぱり『女神ソフィア』はゴミだな！　入ってよかった『デミウルゴス教』！」

「あの人に保護されたんならもう安心だぜ！　なんてったってこの世界の『救世主』様だからな！！！」

何やらよくわからないことを言いつつ、ワッと出迎えてきた領民たち。その事態に少女らは慌てふためく。

この世で最低の地位にある『傷病奴隷』の自分たちが、どうしてこんなに歓迎されているのか――！

「えっ、あの、何なんですかこれは!?」

「わたしたちのこと、どこかのご令嬢と間違えてたり……っ!?」

満面の笑みで声をかけてくる人々に怯《おび》えすくむ少女たち。

一体何が起きているのか、自分たちはどうなってしまうのか……！

まったくもって今の状況が理解できず、再び泣き出してしまいそうになった――その時、

「――落ち着け、領民たちよ。彼女たちが困っているだろうが」


凜《りん》としたその声が響いた瞬間、騒いでいた人々が一斉に姿勢を正した。

「「ハッ！　申し訳ありません、リゼ様ッ！！！」」

声を揃《そろ》え、恭しく跪《ひざまず》く領民たち。その様はまさに王に仕える臣下たちのようだ。

かくして――数多くの民衆から尊敬と信仰の眼差《まなざ》しを浴びながら、彼は悠然と現れた。

「俺がこの土地の領主、リゼ・ベイバロンだ。……お前たち、今までよく耐えてきたな」

「っ……!?」

――情に満ちた言葉をかけられ、奴隷の少女たちはさらに困惑を深くする。

貴族なんてろくでなしの嫌われ者だと思っていた。特にベイバロン領の領主なんて輪をかけて酷《ひど》い人物だと思っていた。

だが、目の前に現れたこの年若き領主は何なのか？

数多《あまた》の人から凄《すさ》まじい熱量の尊敬を浴びながら、『傷病奴隷』の自分たちに温かい声を

かけてくれるなんてありえない……！

「あっ、あの、えと……！」

わけのわからない現実に動転しながら、必死で言葉を返そうとする少女たち。

だが若き領主は小さく首を横に振ると、平坦《へいたん》ながらも優しい声色でこう告げてきた。

「なに、緊張することはない。――それよりも、まずはその身体を治してやろう」

「えっ？」

その瞬間――少女たちの身体に奇跡は起きた。

まばゆい光が溢れかえるや、欠落した手足が、機能しない目や耳が、死病に冒された内臓が、全て回復を果たしたのだ！

光が淡く散っていく中、少女たちは長らく呆然とし――やがて、驚愕の絶叫を張り上げた。

「えっ、ええええええええええええええっ!?　事故で失《な》くした、私の手がッ!?」

「足がっ！　足が生えてる！！！」

「う、うそっ、苦しさがなくなってる!?　血の混じった咳《せき》が出なくなってる!?」

驚きの声をあげる少女たち。決して広くはない荷台の上で、彼女たちは回復した身体を思い思いに動かし――やがて、歓喜にむせび泣いた。

「りょ、領主様……わたしたちのために、魔法を使ってくれたんですかぁ……!?」

「ありがとうございます……ありがとうございます、領主様……！」

彼女たちの胸の中は信じられない気持ちでいっぱいだった。

国教である『ソフィア教』の教えから、貴族たちは平民はもちろん、薄汚い奴隷のために魔法を使うことは絶対にありえない。

だがしかし、目の前の若き領主は惜しみなくその力を使ってくれたのだ。

そして——失くした手足が生えてくるほどの回復魔法など、少女たちは聞いたことがなかった。

この国一番の回復魔法使いでさえ、千切れた手足をつなげるのがやっとだと噂《うわさ》されているのだ。それに比べれば、まさに奇跡の御業《みわざ》としか言いようがない。

大粒の涙を流す少女たちに、偉大なる領主は優しく頷《うなず》く。

「これからお前たちには、俺の屋敷でメイドとして働いてもらおうと思ってる。……だがその前に、まずはリハビリが必要だろう。

アリシア、教会で彼女たちの世話をしてやってくれるか？」

「お任せくださいリゼ様。さぁみなさん、これからはわたしのことをお姉ちゃんって呼んでくださいね～っ！」

彼の言葉に応え、美しきシスターが笑顔を向けてくれた。

他の領民たちも、「よかったなぁ嬢ちゃんたちッ！」「これからはベイバロン領の仲間だぜっ！」と、温かな声を投げかけてくれた。その中には、虐げられる立場にあるはずの獣人の姿もあった。

「ありがとうございます……本当にありがとうございます……！」

その光景を前に、少女たちは涙ながらに思う。

地獄のような日々から自分たちを救ってくれたのは、『女神ソフィア』などという無能な偶像などではない。リゼ・ベイバロンという優しき領主だ。

ゆえに、彼のためにこの命を使おう。この美しき土地を守るためなら、なんだってしよう！

そんな誓いを胸に秘め、奴隷だった少女たちはシスターの後を付いていくのだった。


――なお、少女たちは知らない。

「じゃあアリシア、後はよろしく頼むぞ」

「はぁいリゼ様！　しっかりとお世話しちゃいますからねぇ～……！」

リゼ・ベイバロンという死ぬほど考えの浅い男が、〝あ、そうだ！　傷病奴隷を買って治したら安く済むじゃん！〟という安直すぎる理由で自分たちを買っただけなのだということを。

そしてこれから、アリシアというトチ狂った女によって邪教に入信させられ、過激派思想を埋め込まれる未来が待っているなんて……！

第七話　侵してみよう、知的財産権！

増した。

——『傷病奴隷』を引き取ってから一か月。奴隷の数が、数人から百人くらいにまで激増した。

って、しまったぁぁあああああッ！！？　調子に乗り過ぎたぁぁあああッ！！！

傷を治してやったら泣いて喜んでくれるし、領民たちも「リゼ様お優しいッ！」ってめちゃくちゃ褒めてくれるから、後先考えずに集めまくった結果がコレだよッ！

……まぁいいんだけどさー。食糧や木材が取り放題になったことで、今やベイバロン領は怖いくらいの勢いで発展中だ。そこらじゅうで人手が求められてるからな。

でも奴隷ちゃんたちを買い過ぎてお財布がすっからかんになっちまった。あーあ、超有能領主の俺としたことがやっちまったぜ。

こうなったらもっと税率を上げて、みんなからお金を巻き上げたり……するのも怖いな、うん。

最近はみんな真面目に働いてくれてるけど、所詮はベイバロン領の鬼畜野郎どもだもん。税率上がると知った瞬間に殺しに来るに違いないって。

——というわけで、税金のルールはこれまで通りに『余裕のありそうなときに儲《もう》けの一割か食べ物ちょこっと』でいいな、うん！　他の領はどうなってんのか知らないけど、おじいちゃんの代から続いてるルールだから大切に守っていこう！

と、俺が書斎にて頭を頑張って使っていた時だ。元奴隷のメイドが遠慮がちに声をかけてきた。

「失礼します、ご主人様。リンゴを切って持ってきたのですが……お邪魔でした？」

「いや、大丈夫だ。……少し資金繰りについて考えていてな」

「そっ、そうだったのですかっ!?　申し訳ありませんご主人様ッ！　ご主人様の崇高なるお考えの途中に、水を差してしまって……っ！」

「フッ、気にするな。頭を使ってちょうど甘いものが欲しくなったところだ」

それにもう答えは出たからな。頭を頑張って使った結果、『まぁ現状維持でいいや』という崇高すぎる結論が！

だってヘタにルールを変えようとすると疲れるし反発喰《く》らう可能性があるけど、何もしなければリスクゼロで済むからね。天才かよ俺。

……あーでもなー、やっぱりお金は欲しいよなぁー。どうしよっかなー。

そんなことを考えながら、リンゴを一切れ口に運んだ時だ。

俺はふと思った。

「……そういえばこれは、隣の『ボンクレー』領に行ったときに買ってきたものだったな。確かあそこはリンゴの生産が盛んな領地なんだったか」

「えっ、ええ……あそこのリンゴは国でも有名らしいですね……」

ボンクレー領の名を出すと、メイドの顔がわずかに曇った。そういえばこいつが売られていたのもボンクレー領だったからな。少し失言だったか。

まぁそれはともかく、俺はいいことを思い付いてしまった！

今や俺の回復魔法は、植物の種を一瞬で成長させることが出来るのだ。それに葉っぱの一枚でもあれば、まったく同じ品質の植物を安定して量産することが出来るわけで――！

よぉおおおおおおし決めたッ！　ボンクレー領の最高級リンゴをコピーしまくって、向こうの土地でこっそりと安く売りまくろうッ！

こんなん大儲け不可避じゃねぇかッ！　リゼくん頭良いいいいいいいッ！！！

この作戦をメイドに話してみると、曇っていた表情をパァッと晴れやかにさせて、「やりましょうッ！　ぜひともやってやりましょうッ！！！」となぜかハイテンションで手を取ってくるのだった。

◆　◇　◆

「――なんだこりゃうめぇぇえッ！　このリンゴ、五個買わせてくれ！」

「オレには十個頼む！！！」


はーっはっはっはっは！　俺が思いついた作戦は見事に大成功だったッ！

どうせ何百個でもコピーできるんだから、覗《のぞ》きに来た連中に太っ腹に『試食』をさせてみたところ、みんな「美味《おい》しい！」と言ってたくさん買っていってくれた！

ああ、お客さんたち幸せそうだったなぁ。だってボンクレー領の最高級リンゴが普通の値段で手に入っちゃったんだもんね！

そうやって儲けたお金でさらに『傷病奴隷』たちを買いまくって癒してやったら、あいつらもみんな俺に感謝してくれてたね！

ふふふふ、お金儲けって楽しいなぁ！　俺は儲かってハッピー！　お客さんたちもハッピー！　それで買われた奴隷ちゃんたちもハッピーで、みんな笑顔になっちゃったね！

そうだ、今度はボンクレーの最高級茶葉や毛皮商品もコピーしてみようかな！

俺の回復魔法を使えば素材は量産し放題だし、植物類や皮類の加工技術に優れた獣人族の人たちがいるからね！

あいつらの手にかかれば、オリジナルとまったく変わらない物が出来るだろう！　それを安く売ったらボンクレー領のお客さんたち、もっと喜んでくれるぞいっ！

フフン、ボンクレー領の領主よッ！　この癒し系ハートフル領主のリゼ様に感謝しろよな！　はっはっはっはっは！　平和ーッ！

第八話　ジャイコフくんに媚びない！

「――ほッ、本物とまったく変わらないコピー品が、我が領内に大量に出回っているだとぉおおッ!?　なんだそれは！　意味が分からんぞッ！！！」

ダンッ！　と机を叩《たた》きながら、壮年の大男が衛兵長に怒号を飛ばした。

彼こそはボンクレー領の領主『ジャイコフ・ボンクレー』である。

突如として持ってこられた信じられない情報を聞き、ジャイコフの顔は真っ赤に染まっていた。

「本物と変わらないコピー品などありえんだろうがッ！　何者かが在庫から盗んで売り払ってるんじゃないのかッ!?」

「いっ、いえ、それがそのような痕跡はまったくなくッ！　おかげでいくつもの名店の経営が傾き、中には廃業せざるを得ないところも……！」

「クソがぁあああッ！　なぜもっと早く気付かんのだぁあああああッ！！！」

ビクビクと震えながら報告する衛兵長の顔面に、ジャイコフの拳がブチ込まれた！

鼻血を噴きながら壁際に飛ばされる衛兵長の男。

――実のところ、仕方ないのだ。出回っているコピー品が本物と変わらない品質で、しかも盗難の痕跡もないとなれば、致命的な事態になるまで気付かなかったのも無理はない。

またコピー品を購入した者たちのほうも、最高級品が格安で手に入るとあらば通報するメリットなんて絶無だった。

むしろ一部の購入者たちがコピー品を転売し始めたことで、オリジナルの商品がまったく売れなくなるという地獄のような事態に発展。そこにきてようやく問題が浮き彫りとなったのだった。

「オラァさっさと立てぇッ！　早急にコピー品を作っている者を特定してこいッ！」

「そそっ、それが、転売している者があまりにも多くて、出所の特定にはかなりの時間が……！」

「我がボンクレー領を潰す気かァっ！　いいからさっさとやれぇええええ！！！」

大量の鼻血を流している衛兵長を、ジャイコフは激情のままに廊下へと蹴り出すのだった。

「ぐぬぬぬぬ……ッ！　ただでさえあのゴミクズのような『ベイバロン』領が近く、外貨を落としてくれる観光客を獲得するのに苦心しているというのに……ッ！」

ギリギリと歯を軋《きし》らせながら、今一度机を殴りつけるジャイコフ。

——彼は未《いま》だに気付かない。

この異常事態を巻き起こしているのが、そのゴミクズのような土地の領主『リゼ・ベイバロン』であることに。

そしてこうしている間にも、〝そうだっ！　もっと安くしてもーっとたくさんの人たちに喜んでもらおうッ！〟という悪魔のような計画を悪意ゼロでやらかそうとしていることに……ッ！

かくして数日後、ボンクレーに多額の税を納めていた老舗がついに看板を下ろすことになったのだった。

◆　◇　◆

「——ご主人様ッ！　何かお手伝いできることはありませんか!?　私たち、ご主人様のためなら何でもしちゃいます！」

「どうかご恩を返させてくださいッ！」

はっはっはっは！　リゼくんってばモテモテで困っちゃうなぁ！

『良質なコピー品を安くばらまいてみんなに喜んでもらおう』作戦を発動してから、ボンクレー領で買ってきた元奴隷のメイドたちがさらに俺に懐いてくるようになった。

まぁ優しくて有能なところをたっぷりと見せちゃったから仕方ないねッ！

はぁ……それに比べて、最近のボンクレー領はどうにも景気が悪いらしいなぁ。

出稼ぎにいってコソコソ売ってるウチのところは儲《もう》かってるっていうのに、一体どうなってるんだよ！　真面目に仕事しろよなボンクレーの領主！　お前のところの民衆も笑顔にしてやってる俺を少しは見習えってんだ！

と、俺が同じ領主として静かに義憤に燃えていた時だ。メイドの一人が改まって頭を下げてきた。

「あの、やっぱり今回のことって、私たちのためにしてくれたんですよね!?　本当にありがとうございますッ！　おかげですごく気分がいいですっ！」

んん？　ああ、まぁ確かにお金稼ぎはこいつらにたっぷりと給料を払うためでもあるな。

支払いをケチって手下に毒を盛られるのも嫌だからな。有能領主であるリゼ様は敵を作らないように心掛けているのだよ。

「フッ、気にするな。俺はボンクレーの無能領主とは違うからな」

「うふふっ、その通りですね！　やはりアリシア様が教えてくれた通り、ご主人様こそ『王』に相応《ふさわ》しいお方です……！」

っておいおいおい、あの残念銀髪シスターってばそこまで俺のことを褒めてたのかよ!?　照れちゃうなぁ〜まったく！

でも民衆にそんなことを言わせてるのが他の貴族なんかにバレると、反逆の疑いありと思われちまうかもしれないからな。いい加減に釘《くぎ》を刺しておくか。

「嬉《うれ》しい限りの評価だが……どうかアリシアに言っておいてくれ。くれぐれもそういう発言は、貴族や王族に聞かれないよう注意しろとな。大切な時期なんだ……今は『反逆者』と疑われたくない」

「ッ！　今は、ですか……！　なるほど……やはりご主人様は……！」

う、うん？　そりゃ今は領地を盛り立ててる重要な時だからね。

ベイバロン領を立派な土地にして王様たちに褒めてもらいたいから、変な悪評が流れるのは避けたいんだよ。

そこらへんよろしく頼むよメイドちゃんたちッ！

「お前たちも言動には注意してくれ。この俺が忠臣に見えるようにな」

「「「ハッ！　この命に替えましてもッ！」」」

いや、命には替えなくていいからね!?

……まったく、超善良系ハートフル領主の俺に似て真面目に育っちまったもんだぜ！

はっはっはっはっはっは！　平和平和ッ！

※この後、経済侵略にラストスパートをかけました。

第九話 リゼ様を褒めよう！

――その日の深夜。ベイバロン領の酒場に、三人の女たちが集まっていた。

一人目は『デミウルゴス教』の指導者である少女・アリシアだ。

二人目は獣人族の姫君にして、今や街の荒くれ者たちのまとめ役にもなっている金髪の美女・イリーナである。

そして最後の一人は、領主邸にてメイド長を務めている黒髪の少女・ベルであった。街の二大巨頭であるアリシアとイリーナをこの場に集めたのも彼女だ。

ベルは緊張した表情で、この日あったことを二人に語った。

「ご主人様はこうおっしゃっていました。『今は反逆者として疑われたくない。俺が忠臣に見えるように振る舞え』と」

「まぁ……！」

「ふむ……！」

ベルの言葉に、アリシアとイリーナの雰囲気が変わった。

「うふっ、うふふふ！　なるほどなるほど、やっぱりそうでしたか！　思っていた通りですねぇイリーナさんっ！」

「そうだなアリシア殿！　やはりリゼ殿は、いずれ王族に反逆しようとしているッ！」

彼女たちは予想していたのだ。自分たちを保護してくれた大恩人のリゼが、この国に反旗を翻そうとしていることを——！

「元々答えは出ていましたからねぇ。〝平民ごときのために魔法を使うべからず〟というふざけた貴族の在り方に対して、真っ向から反抗していましたもの！　ああ、やはりリゼ様はこの腐った国を変えるおつもりだったのですねッ！！！」

「うむ！　隣の領地を平気で潰しにかかっていたのも、やはり貴族憎しという気持ちがあったからか！

いやはや……あれには私も痺《しび》れたぞ。真っ先に敵になるだろう隣の領地を経済的に破壊しつつ、儲けた金で何百人と奴隷を集めて兵力の向上を図るとは……！」

「そうそうっ！　リゼ様ってばクールだけどお優しくて、でもやる時には容赦なくやっちゃうお人だったんですねぇ！　なんて素敵なんでしょうかぁ～！」

徐々にヒートアップしていくアリシアとイリーナ。

元より予想はしていたものの、リゼの口から直《じか》に反逆を考えている言葉が出たということが、本当に嬉しいのだ。

片や邪教として信仰を否定され、片や国を潰された彼女たちである。貴族や王族に対する恨みは計り知れないほどに積もっていた。

リゼへの称賛やこの国の腐敗っぷりを上機嫌で語っていく二人に、メイド長のベルも割って入る。

「ご主人様はとても良い方です。貴族なんてみんな鬼畜野郎だと思っていたのですが、ご主人様は奴隷の身分であるわたしたちにもとっても良くしてくれて、お給料だってたくさん支払ってくれるんですよ？

人間ではなく『物』となった奴隷には、賃金を支払う必要がないという法律があるのに……！」

「うふふ、リゼ様はそういう人ですからね～！」

「ああ……獣人族である私にも対等に接してくれる御仁だ。彼が王となれば、どれだけ良いことか……！」

ほがらかな笑みを浮かべながら、三人の女たちは静かに誓うのだった。

どんなことをしてでも、恩人であるリゼのことを絶対に王にしてみせようと……！

――なお、

「ハークションッ！……うーん、今夜はちょっぴり冷えるな～？」

三人のリゼに対する印象は、まったくの見当違いである――！

クールなのは顔だけで、中身は考えなしの天然鬼畜野郎だ。コピー品をバラまいて隣の領地を荒らしまくった作戦だって、〝俺はお金が儲かるし、隣の民衆は喜ぶから〟と善意のつもりで実行しているのだから質《たち》が悪い。

思考の浅すぎるこの男は、いずれオリジナルの店舗が潰れて領地が弱り果てるという、当たり前の未来すらわからずやらかしているのだ。

奴隷たちに優しくしたり給料を支払ったりしているのも、自己保身のためと、そもそも法律をほとんど知らないからである――！

「よし、こんな夜はさっさと寝るに限るな。有能領主であるリゼ様は体調管理も万全なのだッ！」

などと言いつつ、もぞもぞとベッドに潜り込む有能領主（自称）。

彼は知らない。考えなしに国家に恨みを持つ者ばかりを集め続けてしまったため、釘を刺すつもりで言った『今は反逆者として疑われたくない』という言葉が、まったく別の意味で捉えられているということを。

そしてこうしている間にも、三人の女たちが勝手に反逆の計画を推し進めていることを――！

「むにゃむにゃ……ふへへっ、王様ー……ベイバロン領を立派にしたぞー……俺のことを褒めてくれー……そして金くれ……！」

色々と手遅れになっていく現実に気付かず、リゼは幸せな夢の中に落ちていくのだった……！

第十話 敵兵に媚びよう！

——街の名産品が大量にコピーされてばらまかれるという事件により、『ボンクレー』領の経済は死に果てていた。

コピー品が流し込まれ続けた結果、ついに需要と供給のバランスが完全に崩壊してしまったのだ。あちこちの店は休業状態となり、店頭にはかつて最高級品だったモノがゴミのような値段で並べられ、道には失職してしまった者たちが呆然《ぼうぜん》と座り込んでいた。その中には嬉々《きき》として転売に加担していた者も大勢いる。

——そんな悲惨な現状に、領主・ジャイコフの怒りが爆発する。

「なンっだコレはぁあああああッ！！！？　一体どうなっておるのだぁぁぁあああああああああッッッ！！！」

耳をつんざくような怒号が領主邸に響き渡った——！

激情のままに拳を振るい、高級机を破壊するジャイコフ。さらにそれには飽き足らず、手のひらから巨大な『大岩』を射出し、領主邸の壁を爆砕させるのだった。

だがそれでも、彼の怒りは収まらない……！

「フーッ、フーッ……！　衛兵長っ、衛兵長はおるかぁぁあああッ!?」

「ハッ、こちらにッ！」

ジャイコフの叫びに応え、衛兵長である男が即座に執務室へと入ってきた。

怒りで発狂しかけているジャイコフの前に立ち、彼の顔色は真っ青となる。我を忘れた『魔法使い』など、もはや災害のようなものだからだ。

「……おい衛兵長、犯人はいい加減に捕まったのか!?　そこら中に検問を設けたのであろう!?」

「いっ、いえ、それが、その……コピー品をばらまいていた犯人ですが、今やボンクレー領では稼げなくなったとみるや、きっぱりと手を引いてしまっているみたいでして……まだ何の成果も……！」

「この無能がァァァァアアアアッ！！！」

ジャイコフの石弾が衛兵長の足元に放たれた。

すさまじい衝撃が発生し、後ろの壁にまで吹き飛ばされる衛兵長。ヘルムが脱げ落ち、端整な顔付きが露《あら》わになった。

「ぐっ、ぐぅぅう……ッ!?」

「貧民上がりの薄汚い若造めがッ！　これ以上我を不快にさせるでないわッ！

……衛兵長、貴様に最後の命令を下す。夜明けまでに犯人を捕まえてこい。さもなくば、貴様は縛り首だ」

「なっ、そんなぁッ!?」

これまで尻尾も摑《つか》めなかった相手を一晩の内に捕らえるなど不可能だ。

すなわち、これは事実上の死刑宣告である。あまりにも無慈悲すぎるジャイコフの言葉に、衛兵長は震え上がった。

「お、お待ちくださいッ！　それはあまりにも……！」

「黙れ黙れぇッ！　貴族である我に逆らう気か貴様ッ!?　何なら今ここで、我が魔法で粉砕してやろうかッ！」

「ひぃいいッ!?　お許しをッ！　どうかお許しをォオオオッ！！！」

嗜虐《しぎやく》的な笑みを浮かべるジャイコフを前に、衛兵長は震えながら何度も何度も頭を下げるのだった。

かくして――。

「――リゼ様ぁぁぁあああッ！　亡命しに来ましたぁあああ！！！」

「ああ、よく来たな衛兵長。……ってお前、傷だらけじゃないか。今治してやるからな」

「やっほぉーう！　やっぱりリゼ様やっさしーっ！」

……その数時間後、衛兵長はあっさりとジャイコフを裏切って『ベイバロン』領のリゼの下へと逃げ込んでいったのだった。

吹き飛ばされて傷付いた身体《からだ》を治してもらうと、衛兵長はジャイコフ相手とは比べ物にならないほどの親密な態度でリゼに礼を述べる。

「ありがとうございますリゼ様！　いやぁ、やっぱりジャイコフの野郎は最悪ですよ！　すぐに人のことを殴りまくるし、そもそも平民のことを人とも思ってないし！……それに比べ、リゼ様のどんなにお優しい事か……」

「気にするな。俺のほうも、お前にはずいぶんと助けられてきたからな」

「いえいえ、こちらもガッポリと貰《もら》っちゃってますからね！」

愉快そうな笑みを浮かべ、衛兵長は指で金貨の形を作るのだった。

そう――何を隠そう、リゼのコピー品の密輸を助けていたのは衛兵長であるこの男だったのである……！

衛兵部隊のリーダーである彼が裏切っているとあらば、犯人の特定など出来るわけがない。

「……いやぁ、最初は自分も一回きりの小遣い稼ぎにしようと思って、賄賂を受け取っちゃったんですけどね。

でもジャイコフがどんどん困っていく姿を見てたら、楽しくて楽しくて……いつしか全面協力するようになっちゃってましたよ……！」

応接室のソファにくつろぎながら、衛兵長はメイドの淹《い》れてきた紅茶を啜《すす》った。

元々彼にはボンクレー領を裏切る気持ちなど皆無だった。

若くして衛兵長の立場にまで上り詰めたのだって、それだけ領地を守りたいという正義の想《おも》いがあったからだ。

だがしかし——領民のことを家畜としか思わず、ことあるごとに自分を殴ってくるジャイコフに仕え続け、彼はこう思うようになっていったのだ。

〝こんなゴミクズが治める領地を守ることが、果たして本当に正義なのか〟——と。

そんな時に彼は出会ったのである。

ボンクレー領から金を巻き上げる悪党でありながら、その金で多くの『傷病奴隷』を救い出し、身体を治してやっている異端の貴族に。

衛兵長はソファから立ち上がると、表情を改めてリゼの前に片膝をついた。

「というわけで——このクラウス、これより貴方様《あなたさま》に仕えさせていただきます。どうか何なりとご命令を……！」

「了解した。ではさっそく、領地の見回りをやっている者たちに本職の指導を頼みたいところだが……今日はもう疲れただろう。子牛のステーキを焼いてやるから、腹いっぱい食べて休むといい」

「なっ、焼くって……もしやご自分で料理を!?　しかも平民のオレに振る舞ってくださるとッ!?」

「まぁ趣味というやつだ。メイドたちよりも上手《うま》いから安心しておけ」

そう言って厨房《ちゆうぼう》に向かっていくリゼを見ながら、衛兵長ことクラウスは改めて思った。

――やはり彼は、他の貴族とは根本から違う存在だと。


「ふっ、ふふふ……」


だがおかしいとは思わない。むしろ、それでこそクラウスはリゼに仕えようと思ったのだ。

彼は知っている。何を思ったのか、リゼがボンクレー領のスラムに入っていくと、次々と病人たちを癒してやったという話を。

彼は知っている。そのお礼として差し出された安っぽい黒パンを、貴族の身でありながら躊躇《ちゆうちよ》なく受け取って食べたという話を。

それらの逸話を感涙しているスラムの者たちに聞いた時から、ジャイコフを裏切る覚悟は出来ていた。

クラウス自身もまた劣悪なスラムの生まれであり、だからこそ領地を平和にしてやりたいと願っていたのだから。

だが、これからは違う。クラウスはリゼの姿を見習い、領地ではなく『人』を守れる男になろうと決意した。

いずれは故郷であるスラムの者たちや、ジャイコフに不満を持っている衛兵仲間たちもベイバロン領に亡命する予定になっており、全員でリゼに尽くしていくつもりだ。

「――お待ちくださいリゼ様っ！　よければ自分も手伝いますッ！」

ゆえに、クラウスの心にもはや一点の迷いもなし。

彼は晴れやかな笑みを浮かべると、平民想いの優しい主人の後を追っていったのだった。

なお……クラウスは当然気付いていない。

リゼがスラム街に入っていったのは、ただ単にお散歩してたら迷い込んでしまっただけだということを……！

また貧民たちに回復魔法をかけてやったのも、取り囲まれて怖かったから媚《こび》を売っただけだということを。

そして貴族でありながら小汚い黒パンを躊躇なく食べてやった話も、数か月前までは雑草を煮て食べるような生活を送っていたから全然平気なだけだということを――！

ついでにメイドたちより料理が上手いのも、ついこの前まで使用人を雇う金がなくて、貧乏臭く自炊していたからである……ッ！

「なんだクラウス、休んでいてもいいんだぞ？……じゃあせっかくだし、お前はサラダを作ってくれ」

「はいっ！　初めての共同作業ってやつですね！」

「フッ、馬鹿を言え」

細かい思い違いを抱えつつ、クラウスはリゼと共に厨房へと向かっていくのだった。

なお――彼らは知らない。

「は、はぁ……はぁ……！　この気持ちはなんでしょうか……！　クラウス様とご主人様の『絡み』を見ていたら、なぜか胸が熱くなってきました……ッ！」

メイド長の少女・ベルが、壁際からそっと顔を出して、二人のことを野獣のような目付きで見ていることなんて……！

かくして、ベイバロン邸の夜は騒がしく更けていくのだった。

※経済崩壊中の領地から衛兵を引っこ抜いたことで、暴動が起きました。

第十一話　ジャイコフくんを殺そう！

「よ、ようやく掴んだ……ようやく掴んだぞッ、ボンクレー領を荒らした犯人の正体をッ……！」


荒れ果てた執務室の中、領主・ジャイコフは震える声で呟《つぶや》いた。

彼はある時気付いたのだ。数々の名店が売り上げを落とし、税が納められないようになっていく中、なぜか奴隷商だけは変わらず景気がいいことに。

もはやジャイコフの精神に余裕はない。何かが怪しいと思った彼は、奴隷商の男を容赦なく半殺しにして極秘の顧客リストを奪い取ったのだった。

そして知った……ここ最近、大量の奴隷たちを購入し続けている者がいることを。

その名は――、

「貴様だったのか……我が領から金を巻き上げていたのは貴様だったのかッ！　リゼ・ベイバロンッッッ！！！」

怒りの咆哮《ほうこう》と共に、ジャイコフは無数の石弾を打ち放って領主邸を崩壊させていく――！

使用人たちが巻き込まれようがお構いなしだ。絶叫と嗚咽《おえつ》が響く中、ジャイコフは激情のままに暴れ狂っていった。

「クソがぁぁあああぁッ！　ふざけるなッ、ふざけるなふざけるなふざけるなぁッ！！！　あぁそうだ、奴《やつ》が奪ったに決まってるッ！　大量の奴隷を購入するような金が、あのゴミクズのようなベイバロン領にあるものかァァアッ！！！」

推測の域を出ない暴論だったが、怒りで我を失ったジャイコフにとっては自分の判断こそが全てだった。

彼はボロボロになった机から羊皮紙を取り出すと、リゼ・ベイバロンに宛てて罵詈雑言《ばりぞうごん》の言葉を書き殴っていく。

「クソッ、クソォッ……！　どれだけ我を苦しめれば気が済むのだ、ベイバロン領のゴミカスめぇ……ッ！」

……もしも容疑者が他の貴族であったなら、もう少しだけ冷静に調査していたかもしれない。

だがしかし、疑わしき相手はあのベイバロン領の領主である。

疫病と犯罪者が蔓延《まんえん》したあの領地が隣にあることで、ボンクレー領は観光面で割を食い続けてきた歴史があるのだ。積もった恨みは計り知れないものだった。

「フンッ！」

ジャイコフは手紙を書き終えると、瓦礫《がれき》の下敷きになっていた使用人を引きずり出し、顔面を蹴って無理やり意識を覚醒させた。

「ぐぎっ!? ジャ、ジャイコフ様、なにを……っ！」

「寝てるでないわっ、平民上がりのカスめがッ！……この手紙をベイバロン領に速攻で送り付けろ！　それが無理ならそのまま死ねッ！」

そう言って、傷だらけの使用人を廊下へと蹴り出すジャイコフ。

彼は使用人がふらふらと歩いていくのを見送りながら、不愉快そうに鼻を鳴らすのだった。

「あの程度のことで死にかけおって……やはり平民は劣等だな！　岩の壁を出して身を守ることすら出来ない欠陥生物めが！　ああ、やはり貴族こそ神に選ばれた存在というわけか……！」

あまりにも勝手すぎる物言いを平然と語るジャイコフ。

貴族と王族こそが絶対。それ以外の存在は、そもそもからして人に非《あら》ず。

それが彼の考えであり――多くの上流階級の者たちに蔓延している思想だった。

「ククッ、ククク……！　だが、同じ貴族でも魔法の才能には優劣があるものだ。たしかこんな噂《うわさ》があったなぁ……『ベイバロン領の世継ぎは、攻撃魔法が一切使えない落ちこぼれ』だと……！」

まだ見ぬリゼのことを思い、ジャイコフは嘲笑に口元を歪《ゆが》めた。

あの荒くれ者がのさばっているベイバロン領において、攻撃魔法が使えないのは致命的だ。きっと領民たちに日々虐げられていることだろう。

そう思うとジャイコフは愉快で愉快で仕方なかった。

「クハハ……ッ！　醜悪なる土地に生まれた劣等なる貴族め。そのゴミのような人生に、この我が終止符を打ってくれるわ――ッ！」

半壊した領主邸の中、呻《うめ》いている使用人たちを尻目に高笑いを上げるジャイコフ。

彼は憎しみを胸に待ち続ける。リゼ・ベイバロンという男の下へと、自身のしたためた『決闘状』が届くその瞬間を――！

◆
◇
◆

「……なんだ、こりゃ」

ある日、ボンクレーの領主から俺の下へと一通の手紙が届いた。

何やら死にかけの男が持ってきたので先に傷を治してやると、すごい感謝した後なんか泣き出した。お肉食べさせてやるから頑張れ。

まぁそれはともかく――問題なのは、手紙の内容だった。

「なんだよ、これ……なんだよこれはぁッ！」

そこには、俺に対する悪口が山ほど書かれていた！　しかも『我がボンクレー領を弱らせた悪党め！』などと、ぜんっっっぜん身に覚えがないことが書かれていたのだッ！

はぁぁあああああッ!?　俺がいつ弱らせたってんだよッ!?　むしろ品質のいいコピー品を領民たちに安く売りまくって、みんなを笑顔にしまくったってのによぉ！

どうせ自分が無能だから領が弱っただけだろうが！　それを恩人である俺のせいにするとか最悪すぎるだろッ！

超絶平和主義者であるリゼくんのことを悪党扱いするとかマジで頭おかしいんじゃねーのコイツっ!?

しかもしかも、手紙の最後にはこう書かれていた。

『悪党リゼよ！　女神ソフィアの名の下に、貴様に決闘を申し込む！　貴様が死んだ暁には、邪悪なるベイバロン領を滅ぼしてくれるわッ！』――と。

……この一文を見た瞬間、俺は史上最大にブチ切れたッッッ！！！

「――ふざけるなぁッ！　俺が懸命に育て上げてきたこの土地を、滅ぼすだとぉぉおッ!?」

この手紙の送り主であるジャイコフという男は、俺の苦労を知らないからこんなことが書けるんだッ！

荒くれ者やら邪教団やら獣人の群れやらを手厚く保護して手下にして、牛やら豚やらを毎日たくさんバラバラにしては量産して食糧問題を改善し、そしてコピー品をばらまいてお前のところの領民たちもハッピーにしてやったってのによぉ！！！

いつだって平和を目指して努力してきた俺のことを、コイツは悪党だと呼びやがったッ！　平和な空気になってきた俺の領地を、コイツは邪悪と断じやがったッ！！　ふざけんな馬鹿ぁあああああああああああ！！！

俺は手紙をグシャグシャにして足元に捨てると、メイド長のベルを呼び寄せる。

珍しく声に怒気を含んでしまっていたからか、彼女は血相を変えて即座に現れた。

「お、お呼びでしょうか、ご主人様ッ！」

「……ああ、すまないなベル。緊急の用が出来てしまった」

――俺、リゼ・ベイバロンは平和主義者だ。

欲深い連中が大集合した土地の生まれでありながら、常に謙虚さを忘れない誠実な男だ。

王族はとっとと俺のことを婿養子にしたほうがいいだろう。

だが、そんな俺でも今回のことは許せなかったッ！

いつかはこの国を平和に導くであろうリゼ様が、なんかよくわからん頭のおかしいオッサンに殺されて堪《たま》るか！！！

俺はベルを鋭く見つめ、凛《りん》とした声で命令を下す。

「ボンクレー領の領主より、我が領に対して宣戦布告が出されたッ！　領民たちに伝えよ、『戦争』が始まるとッ！」

「はっ――はいッ！　ただちにみなさまに伝えてきますッ！」

うむ、それでよろしい！

俺は慌てて飛び出していくベルを見送ると、深く息を吐いて興奮を静めるのだった。

……って、あれ？　そういえば手紙には、『貴様に決闘を申し込む。それで、貴様が死んだら領地を滅ぼす』って書いてあったよなぁ？

それって領に対しての宣戦布告とはちょっと違うような…………まぁいっかぁ！　領民たちも巻き込んじゃえ！

少しだけスケールを大きくして伝えちゃったけど、戦争も決闘もだいたい似たようなもんだろ！　相手をぶっ殺せば勝ちなことには変わりねぇし！

よーし、明日はみんなでジャイコフくんのお家《うち》に突撃しちゃうぞーッ！　はっはっはっはっは！　平和ーっ！

第十二話　（自作自演で）英雄になろう！

「──出てきてくださいジャイコフ様！　どうしてこんなことになったんですかぁッ!?」

「コピー品を大量にばらまかれ、ついに長年続けてきた店が潰れましたッ！　なぜいつまでも犯人を放置しているのですかぁっ！」

「この無能領主がぁぁぁあああッ！」


……もはやボンクレー領は荒《すさ》みきっていた。

衛兵たちの制止も無視して、千人を超える民衆が領主邸の門を叩《たた》き、必死な形相で吼《ほ》え叫んでいた。

こうなったのには理由がある。

今から数時間前、スラムの者たちが突如として抗議行進を開始したのだ。

「景気が悪くなっちまったのは、全部ジャイコフのせいだぁーッ！」

「「「そうだそうだぁーッ！」」」

息を揃《そろ》えて不満の声を上げる多くの人々。

普段ならば貴族に──恐るべき『魔法使い』に平民たちが抗議するなど滅多にありえな

いのだが、スラムの者たちが作り上げた反乱の空気と圧倒的な数の利が、民衆の正気を失わせていた。

けたたましい声が響く中、ジャイコフは憎々しげに呻く。

「黙れぇ……黙れぇ……！」


半壊した領主邸の一室で、シーツに包《くる》まり耳を押さえ続けるジャイコフ。

だが民衆の不満の声は激しさを増していくばかりで、一向に収まることはなかった。

ああ、どうしてこんなことになっているのか。

悪いのは全てリゼ・ベイバロンという男のはずなのに、どうして自分が責められているのか。

いっそ魔法で蹴散らしてやろうかと思ったが、流石《さすが》にあれだけ多くの相手を攻撃するのは不味《まず》すぎると、最後の理性が押しとどめる。

数十人程度を殺したところで散ってくれれば幸いだが、自棄《やけ》になって特攻でもしてきたら最悪だ。それだけの『家畜』を皆殺しにしてしまえば領の経営にも影響が出てしまうだろうし、貴族社会からも無能な虐殺者のレッテルを貼られかねない。

そう……まるで百獣の王のごとく畏れられ、生かさず殺さず優雅に恐怖政治を行うのが、模範的な貴族のスタイルなのだ。

だが、しかし――。

「オラァァアアッ！　出てこいジャイコフッ！」

民衆の一人が投げ放った石が、部屋の窓を突き破ってジャイコフへと直撃した。

大した痛みはなかったものの、その『意味』は甚大だった。

〝……貴族であり、魔法使いである自分に、薄汚い平民が痛みを与えた……？〟

それを理解した瞬間――ついにジャイコフは、ブチ切れたッ！

「クッ……クソがぁぁぁあああああッ！　我を舐《な》めるなぁぁぁあああああ！！！」

顔面を真っ赤にしながら表へと出るジャイコフ。

彼は立ち並んだ民衆を睨《にら》み付け、積もり積もった怒りを爆発させる――！

「貴様ら全員皆殺しにしてくれるわァッ！――現れるがいい、ゴーレムゥウウウウウッ！！！」

殺意に満ちた叫びと共に、ついにジャイコフは魔力を解放させる。

彼を中心として地面がボコボコと盛り上がり、何十体もの『岩石の巨人』が姿を現した――！

『ゴガァァアアアアッッッ！！！』

「ひっ、ひぃいいッ!?」

咆哮《ほうこう》を上げる巨人どもに民衆は恐れおののく。

これぞ上位の土魔法使い、ジャイコフの実力である。その気になれば一瞬にして超質量の兵団を生み出すことが出来るのだ。

ジャイコフは凄惨な笑みを浮かべると、躊躇《ちゅうちょ》なくゴーレムに命令する。

「やれぇ、ゴーレムたちよッ！　薄汚い平民どもを皆殺しにしろォオオオッ！！！」

『ガァァアアア――――ッ！！！』

もはやジャイコフに理性などなかった。

元より、経済を破壊されたことで彼の精神は限界に来ていたのだ。それに加えて、なぜか突然にスラムの者らを中心とした暴動が起こったことで、ついに感情が振り切れてしまったのである。

たとえ人々から虐殺者と罵られようがもう知った事か。一度解放されてしまった暴力性は、そう簡単には止まらない。

「グハハハハッ！　命を散らせぇ家畜どもがぁぁあッ！　貴様らは我ら貴族を楽しませ

るためだけに生まれてきたのだァッ！」

かくして、巨大なゴーレムたちが恐怖に怯《おび》える民衆を蹂躙《じゅうりん》せんとした――その時！


「――そこまでだ、邪悪なる領主めッ！」


雄々しき声が、突如としてボンクレー領に響き渡った――！

震えていた領民たちは一斉に後ろを見る。

するとそこには、大通りを颯爽《さっそう》と駆け抜けてくる黒馬に跨《また》がった若者の姿があった。

「我が名はリゼ・ベイバロン！　悪《あ》しき魔法使いジャイコフよ、人々の平和は俺が守るッ！」

その凜とした声に、その勇敢なる姿に、ボンクレー領の民衆は言葉をなくした。

ああ……まさに彼こそ、物語における『英雄』のようではないか――！

邪悪なる敵を討ち倒しにきた、『救世主』そのものではないか――ッ！

あまりにも出来過ぎたタイミングで現れた男の姿を、ボンクレーの領民たちは恐怖を忘れて見つめるのだった。

そして……、

「なっ……なんだとぉおおッ!?」

恍惚《こうこつ》とする領民たちとは違い、ジャイコフは大量の汗を流しながら瞠目《どうもく》していた。

怨敵であるリゼが『決闘』の日時を完全に無視して現れたことはもちろん、驚くべきはその後ろの光景である。

先陣を切るリゼの背後には――二万人を超える人々の姿があった！

それはあまりにも奇妙な軍団だった。シスターがいて、メイドがいて、農民がいて、獣人までいて、さらには子供の姿までもがあった。

しかも輪をかけて奇妙なことに……その全員が、まったく同じ身体付《からだつ》きをした上等な黒馬に跨っていたのである――！

「はっ、はぁぁあ!?　何が起きているのだッ!?　ぉ、おいリゼ・ベイバロンッ！　その軍勢は一体何なんだぁぁあ!?」

ジャイコフは酷《ひど》く困惑する。確かにかかってこいとは手紙に書いたが、『戦争』なんて仕掛けてこいとは言っていないのだから――！

ドドドドドドドドドドッ！　という地響きを鳴らしながら二万人の人間が二万頭の馬と共に突撃してくる光景に、くらくらと眩暈《めまい》がする思いだった。

だがジャイコフの困惑などまったく無視して、彼らは凄絶な殺意を放ちながらさらにスピードを速めていく！

「死ねぇぇぇぇぇジャイコフッッッッ！！！」

「オレたちのベイバロン領を滅ぼされてなるものかァァアアアッ！！！」

そう――彼らベイバロン領の民衆にとって、〝領地を滅ぼす〟という言葉は絶対に使ってはいけないものだった……！

彼らは誰もが敗北者である。ある者は邪悪な領主の暴力から逃げ出し、ある者は奇病を患って追放され、またある者は国すらも失ってベイバロン領に流れ着いたのだ。

そして……その地で彼らは出会ったのである。リゼ・ベイバロンという、敬愛すべき最高の主人に。

そんな主人と共に育て上げてきた領地を、滅ぼすだと？ ようやく辿《たど》り着いた安楽の地を滅するだと!?

それだけは、死んでも許してなるものか――ッ！！！

「殺してやるゥウウウウウウウッ！！！ 絶対にブチ殺してやるゥウウウウウウ

ウッ！！！！」

「ひっ、ひぃいいぃいいッ！！？」

徐々に迫ってくる悪鬼のごとき軍勢を前に、思わず悲鳴を上げてしまうジャイコフ。

そこで彼は気付いた。これほどの大軍が領内に入っていたというのに、なぜ衛兵は知らせに来てくれなかったのか!?

「ぉっ、おいクソ衛兵どもッ！　そこら中に検問を敷いていたであろうッ!?　お、おいっ！」

暴動を起こした民衆を必死で止めようとしていた衛兵たちに声をかける。

だが、しかし――！

「あ、すいませんクソ領主様！　自分たち、衛兵長のクラウスさんに誘われて『ベイバロン』領に転職することになったんで！　それじゃっ！」

「はっ……はぁぁああああああああッ！！！？」

ここにきて、衛兵たちが一斉にジャイコフを裏切ったのである――！

彼らはボンクレー領の領民を引き連れ、さっさと領主邸から避難していってしまったのだった……！

そして……一人になったジャイコフは、ようやく気付いた。

「ま、まさか……まさかまさかまさかまさか……ッ！」

経済侵略を行ってきたことはもちろん、スラムの者たちが示し合わせたように暴動を開始したのも、衛兵たちがこうして裏切ったのも――！

「まさかッ、貴様のせいなのかぁぁぁあああッ!?　リゼ・ベイバロンッ！！！」

怒りの咆哮を上げるジャイコフ。彼はゴーレムの軍勢を操り、リゼに向かって突撃させせる！

だが、それを許すベイバロン領の者たちではなかった。彼らは馬から豪快に飛び上がると、巨大なゴーレムの身体に組み付いていったのだ――！

「死ねぇデカブツゥッ！　オレたちのリゼ様を傷付けさせるかぁあああッ！！」

『ゴガァアアッ!?』

それは狂気的な光景だった。岩石で出来たゴーレムに対し、数多くの人間が拳どころか歯まで使って攻撃しているのだ……！

しかも、振り飛ばされても叩《たた》き落とされてもお構いなしだった。彼らは傷付くことを一切恐れずに、血塗《ちまみ》れになりながらゴーレムを粉砕していったのである――ッ！

「リゼ様ぁぁあああッ！　オレたちやったぜぇえええッ！」

「ああ、流石だお前たち！　今治してやろう！」

リゼが応えるや、傷だらけの者はもちろん、踏み潰されて内臓が飛び出していたような者までもが一瞬にして再生していった。

そして彼らは次なるゴーレムに向かって、肉食魚の群れのように突撃していったのであった――――！

「ひぃいいいいいいいッ!? 何なのだ貴様らはぁぁああッ！！？」

平民たちが頑強なる魔法生物を噛《か》み砕いていく姿を前に、ジャイコフは失神寸前だった。

彼らは明らかに何かがおかしくなっている。死すら恐れずに歯向かってくる姿は、ジャイコフの理解を超えていた。

ああ、そうさせているのは間違いなく――――リゼ・ベイバロンという男だッ！

「リゼぇぇえええええええええ！！！」

ジャイコフは咆哮を上げると、すでに目と鼻の先にまで迫っていたリゼに特大の石弾を射出した！

当たれば間違いなく即死の一撃だ。むしろ死んでくれなければ困るッ！


だが、しかし――――！


「ジャイコフッ！　お前を殺し、絶対に俺は平和を摑《つか》んでみせるッ！」

リゼは迫りくる岩石に向かって、無数の『肉片』を投げたのだ。

何するものぞとジャイコフが嘲った瞬間、怪異は巻き起こった！　投げられた肉片が白き光に包まれ、一瞬にして数百匹の『牛』の群れへと姿を変えたのである――――！

『モォオオオオオオオオオオオオオオオオッ！！！』

「なっ、なにぃいいいいいいいいッ！！！？」

『命の創造』という奇跡を前に、ジャイコフは絶叫する。

ああ、無機物のゴーレムを生み出すのとはわけが違う。もはやそれは、回復魔法を超えた別の何かだった！　神の領域を蹂躙する禁忌の力だったッ！

かくして、目の前を埋め尽くした牛の軍勢は石弾をあっさりと粉砕してジャイコフへと殺到。

彼の身体を吹き飛ばし、踏み潰し、一瞬にして原形を留《とど》めない肉塊へと変えてしまったのだった……！

「見たかジャイコフ。――これが正義の力だぁぁあああッ！！！」

『モォオオオオオオオオオオオオッ！！！』

生後三秒の牛たちと共に勝利の咆哮を上げるリゼ・ベイバロン。

……無数の命を無理やり作り出してぶつけてくるという正義もクソもない攻撃をしてき

た彼に、ジャイコフは死に際に思った。
〝もしも生まれ変わったら、今度はもう少し命を大切にしてあげよう〟と――！
そんな思いを胸に、ジャイコフは大地の染みとなって死亡したのだった……！

※今回出した牛さんたちはあの後みんなで美味《おい》しく食べました。

第十三話 テロリストになろう！

「――リゼ様ー！　握手してくださぁい！！！」

「我らが救世主様ー！」

「リゼ様サインしてー！」


はっはっはっはっは！

ジャイコフをぶっ殺してから一週間、俺はすっかりボンクレー領の民衆に受け入れられていた！

通りを歩けばみんなが笑顔で手を振ってくるぞい！

「フッ、お前たち騒ぐな。サインならいくらでもしてやろう」

「「「きゃーリゼ様ーッ！！！」」」

いや～モテモテで困っちゃうなぁ、俺！

せっかく敵陣地に攻め込むんならカッコいい感じで登場したかったから、スラムの奴《やつ》らに指示して民衆に暴動を起こさせてジャイコフをキレさせた甲斐《かい》があったわ！　そこを助けちゃうリゼくんってすごいよね！

というわけでジャイコフくんには悪役として地獄に行ってもらったけど、あいつは元々領地を経済崩壊させちゃうような悪い奴で、逆に俺はいっぱいお金を儲《もう》けてみんなを幸せにしてる大正義マンだから問題ないのだ！　天国行き不可避ッ！

よーし適当に名言っぽいこと言いますかー！

「――民衆よ。ジャイコフの杜撰《ずさん》な経営によって、この街の経済は大きく疲弊してしまった。だがしかしッ！　お前たちにはこのリゼ・ベイバロンがついているッ！　力を合わせて共に希望の未来を目指そうッ！」

「リッ、リゼ様ーーーーーーーーーーっ！！！」

「ああっ、まさにアナタこそ我らの英雄っ！　アナタの輝きに比べたら、今まで見てきた貴族とは何だったのかっ！！！」

俺の正義に溢《あふ》れた言葉に、人々はさらに沸き立つのだった！

はーっはっはっは！　これからも仲良くしてくれよな、ボンクレーの民衆よ！

俺が『反逆者と疑われたくない』って釘《くぎ》を刺してからは過激派邪教シスターのアリシアも大人しくしてるみたいだし、この調子で平和に向かって頑張るぞー！　いぇーい！

◆

◇

◆

――ボンクレーの地下礼拝堂にて。

「新たなる信者たちよッ、『創造神デミウルゴス』様を信じるのですッッッ！！！　その使徒であるリゼ様を信仰するのでーーーーーーーーーすッッッ！！！」

「「「ウォオオオオオオオオオオッ！　アリシア様ーーーーーーーーーーッ！！！」」」

……薄暗い闇の中で、数えきれないほどの人々が銀髪のシスターと共に熱狂の声を上げていた。

リゼの言葉をしっかりと聞いたアリシアは、言われた通り目立たないように気を付けながら、全力で宗教活動を推し進めていたのである……！

「ではみなさま、わたしと共に聖歌を歌いましょう。

――イェアッ！！！　リゼ様こそが我らが英雄ッ！　彼を信じる道こそ栄光ッ！！！　低俗な貴族は全員ファックで国家を壊してやろうぜフゥーーーーーーーッ！！！」

「「「乱世ッ！！！　乱世ッ！！！　みんなでテロって逝こうぜチェキラッ！！！」」」

……アリシアの謎の聖歌に合わせ、トランス状態になっていく信者たち。

頭のおかしいアリシアとは違い、彼らは元々、ごく平凡なボンクレーの領民たちだった。

だがしかし、リゼ・ベイバロンという男が全ての価値観を破壊してしまったのである。

かの『英雄』は凄《すさ》まじかった。

邪悪なる領主・ジャイコフを抹殺するや、すぐさまボンクレー領の復興に着手。まず不景気による貧困に喘《あえ》いでいた民衆すべてに、有り余るほどの食料を用意したのだ。

さらには貴族の身でありながら怪我人《けがにん》や病人たちを無償で治療して回り、死病すらもたやすく取り払ってみせた。

それに加えて、コピー品がばらまかれたことで失職してしまった職人たちへのケアも抜かりなかった。

遠方の領地から逃げてきたベイバロン領の職人や、独特の技術を持つ獣人たちを呼び集め、全員でアイディアを出しあわせて数々の新商品を開発させていったのだ。

税金面のほうも『俺が領主である限り、せいぜい月一で、払えそうな時だけ稼ぎの一割を納めてくれればいい』と豪語。

一般的な領地ならば月に五割は無理やり徴収されているというのに、その適当にすら思えるほどの軽すぎる税率に、民衆は心から感謝した。

……まさにリゼ・ベイバロンこそ、全ての平民の味方である。奇病を患った者やスラムの者にすらも喜んで手を差し伸べてくれる救世主である。

そんな偉大なる男のことを知ってしまった結果、もはやボンクレーの領民たちは『貴族の家畜』には戻れない。

もしも……ここら一帯の大領主である『公爵』の采配によりリゼが追い出され、またもやジャイコフのような男が派遣されてこようものなら、民衆は躊躇《ちゅうちょ》なく暴動を起こすつもりでいた――――ッ！

「あぁ、リゼ様万歳！！　そしてそのうち作る予定のわたしとリゼ様の赤ちゃんにもバンザーーーーイッ！！！」

「「「バンザーイッ！　バンザーーーーーーーーーーイッッッ！！！」」」

「信者のみなさーん！　出産祝いは王族の首でお願いしまーーーーーーーーす！！！」

……かくして、経済崩壊を招いた張本人であるリゼの自作自演によって好感度がマックスになってしまった民衆は、こうしてあっさりと過激派暗黒宗教にドハマりしてしまったのだった……！

第十四話　爆弾を作ろう！

「リゼ殿よ、とんでもないものが出来てしまったな……！」

「ああ、これは大発明だぞ……！」


――ベイバロン領の森の中にある獣人族の集落にて。俺は金髪イヌ耳美女のイリーナと共に、『手のひらサイズの木箱』をまじまじと見つめていた。


今から数日前のことだ。いつの間にやら三千人ほどに膨れ上がった獣人族グループの様子を見に行くと、何やらみんなで白い石ころを囲んで考え事をしていた。

イリーナ曰《いわ》く、「これからもジャイコフのような悪徳貴族たちと戦っていくとなると、こちらの魔法使いがリゼ殿一人では大変だろう。そこで、『魔石』が何かに利用できたらいいと思ってるのだが――」とのこと。

いや、俺平和主義者だからあんまり戦う気ないんですけど……。

でもまぁ、ジャイコフみたいな頭のおかしい奴に冤罪《えんざい》ふっかけられて戦争を仕掛けられることもまたあるかもしれないからね。俺も戦力アップの策を考えておきますか。

ちなみに『魔石』とは、獣人族の間でモンスターの体内にある小石のことを指す単語らしい。

古《いにしえ》より獣人族たちは、「モンスターどもが強靭《きょうじん》な再生力を持っているのは、空気中の魔力をこの石へと集めることで、一部の『人間族』が使える回復魔法のような効果を自身に使用しているのではないか」と推測しているそうだ。


うーん、学会で発表したら速攻で殺されそうな理論だなぁ。

貴族社会では、魔力のことを神が降り注がせてくれている神聖なエネルギーだと思ってるからね。〝魔を滅する法力〟を略して魔力って呼んでるのに、モンスターどももスパスパ吸って利用してますよ～～～なーんて言われたらみんな激おこだよ。まっ、リゼくんは心が広いから滅多なことじゃキレないけどさ。


ともかく、人間たちの間では〝モンスター特有の尿路結石かなんかだろ〟と思われてた小石がそんな性質を持っているとしたら、たしかに何かに利用できそうだ。

じゃあ実際に魔力を吸うのかどうか、俺がミョミョミョミョミョ～と魔力を送ってみたところ――なんと赤黒く変色して、爆発したのであるッ！

ってわひゃぁ!?　ビックリしたッ!　つか破片当たってクソいてぇ死ねッ!

思わず俺がブチキレて床に落ちた破片を踏み付けてみると、そいつも小爆発を起こしやがった!?　わひゃー!

……表情筋が死んでなかったら泣いちゃうくらいにビックリした俺だが、獣人族のほうはさらにやばいことになっていた。

聴力や視力に優れているせいで、一度目の爆音や発光にビビりまくって床に蹲《うずくま》っている。イリーナなんてイヌ耳を震えさせながら俺にギュッと抱き付いてきてるくらいだ。

「大丈夫か、イリーナ」

「う、うぅ……リゼ殿は平気なのか、流石《さすが》だな。私なんて思わず泣きそうになってしまったぞ〜……!」

「フッ、安心しろ。落ち着くまで俺に抱かれているといい」

「ううっ、リゼ殿ぉ……!」

涙を浮かべながらムチムチな身体《からだ》を擦り付けてくるイリーナちゃん。うむ、かわゆいかわゆい……って思っている余裕なんてねぇんだけどぶっちゃけッ!　足とかめちゃくちゃ痛いんですけどッ!

……まぁ、俺の貴重なブチキレシーンが見られなかったから良しとするか。

ってそれはともかく、問題なのは魔石に起きた異変についてだ。

どうやら魔石が魔力を吸うというのは本当のことだったらしい。イリーナもそう思ったらしく、黒焦げた爆発跡をジッと見ていた。

「……なるほどな～。魔力を急激に吸い過ぎると、このように爆発するわけか。これは大発見だなっ！」

「ああ、そもそも汚らわしい存在として扱われている魔物の一部に魔力を送ってやったのなんて俺が初めてだろうからな。他の貴族連中は知らないだろう。

……それとうっかり破片を踏んでしまってわかったことだが、どうやら衝撃を受けても爆《は》ぜる性質があるらしい」

「なにっ、それは本当かリゼ殿!?……これを利用したら、とんでもないものが出来るかもしれないぞ！」

――かくして、俺と獣人族たちの間で秘密のアイテム作りが始まった。

まずは白い状態の魔石を砕いて粉末状にし、そのあと魔力を少しだけ注ぐようにしたら、よほどの衝撃を受けない限りは爆発しない比較的安全なものになった。これを俺たちは

『爆薬』と呼んだ。

それから数日。『爆薬』を水に浸けたり湿気《しけ》らせたりすると魔力が抜けるということに気付いた俺たちは、小さな木の筒に密閉して投げつけるという利用法を考案。

ついでに破片が刺さってめちゃ痛かった時の経験から、鉄の破片を混ぜることで——平民でも使える疑似攻撃魔法アイテム『爆弾』が完成したのである……ッ！

「やったな、リゼ殿……ッ！」

「ああ、俺とイリーナたち獣人族の成果だ……！」

イリーナと強く手を取り合いながら、俺は一緒に研究してくれた獣人族たちと視線を交わし合った。

この爆弾というアイテム——モンスターのことを毛嫌いしている人間族だけでは、一生かかっても完成しなかっただろう。

昔からゲロマズモンスターどもを嬉々《きき》として食べているこいつらの知識があったから、これを作り上げることが出来たのだ。まさに友情の証《あかし》である。

「って姫様ー、いつまでリゼ様の手を握ってるんですか？　まぁリゼ様が大好きなのはわかりますけどね～」

「う、うるさいなっ！　悪いかこのぉー！」

冷やかしの声にイリーナが顔を真っ赤にしたことで、ドッと笑いが溢《あふ》れかえった。

仲間たちにいじられるイリーナをよそに、俺は他の獣人族たちとも手を取り合っていく。

「やりましたなリゼ様！　これは世界を変える発明ですぞ！」

「希望の明日に向かって頑張りましょうッ！……それと、どうか姫様のことをよろしくお願いします……！」

うんうん……俺、ここしばらくこいつらと一緒にいてよくわかったよ。

貴族社会では「獣人族は好戦的な人間モドキだ。血肉に飢えたケダモノだ」なんて言われて差別されてるけど、そんなことはないっ！　こいつらは俺たちと同じ『人間』だ！

わかり合うことが出来る存在なんだッ！

熱い友情の想《おも》いを胸に、俺はイリーナと見つめ合う。

「イリーナ……これからもベイバロン領のみんなと仲良くしてやってくれ。そしてこの地を中心に、獣人族を迫害する者がいなくなる世界を作り上げていこうッ！」

「ああ、そうだなリゼ殿……ッ！　我らの力で、獣人族を迫害する者を全て消し去ってやろうッ！！！」

う、うん？　なんか言葉に違和感があったような……まぁ気のせいか！！！

俺と獣人族たちは心が通じ合ってるんだもん！　というわけで平民でも頭のおかしい貴族を撃退出来る兵器を開発したことだし、今日もベイバロン領は平和に向かって爆進中だねーっ！　爆弾だけにー！　はっはっはっはっはー！

第十五話　おじさんにケツを預けよう！

――領主邸の応接室にて。俺の目の前で、ダンディな赤髪のおっさんがくしゃくしゃの手紙を読みながら楽しそうな顔をしていた。

「ガハハハハッ！　なるほどなるほど。『領地を滅ぼしてやる』とは、ジャイコフも相当過激なことを書いたものだなッ！　それに加えて、貴様に対して『コピー品をばらまき、我が領地を経済崩壊に追い込んだ』という冤罪をかけてきたというわけか！」

かつてジャイコフから届いた手紙を脇に置き、豪快に笑う髭《ひげ》のおっさん。

彼こそはこの地方一帯を管理する『大領主様』、ホーエンハイム公爵である。

両親が急死し、俺が男爵の地位を継ぐときにもこのおっさんの世話になったものだ。色々と書類とかまとめてくれてありがとな、おっさん。

「いやはや……この地方の貴族たちのまとめ役として、ジャイコフから立ち会いの要請を受けて来てみれば、とっくに奴《やつ》が死んでいたというのだからビックリしたぞ。

だがまぁ、散々悪口を書かれた上に冤罪まで吹っかけられたのなら、日時を無視して戦いに行ってしまった貴様の気持ちもわからなくはないな。……ちなみに聞いておくが、本当に冤罪なんだよなぁ……？」

「ええ、その通りですよ公爵様。ボンクレー領の衛兵長であるクラウスに聞けばわかると思いますが、自分は何も悪いことはしていません。

だというのに——あのジャイコフという男は経済悪化の責任を俺に押し付けッ！　さらには我が土地と領民を傷付けると宣言してきたのですよッ!?　民草を守る領主として、これが怒らずにいられますかッ!?」

「うむうむ、わかっておるわかっておる！　クラウスとやらを始めとした衛兵たちからも、貴様が無実だという調書はもらっているさ。

……それと、ジャイコフに代わってボンクレー領をしっかりと運営しているという話も聞いておるぞ。民衆の評判もすこぶるいいようだし、どうやら立派にやっているみたいだな」

そう言って、ホーエンハイム公爵は俺に優しく微笑《ほほえ》むのだった。

お、おおおおお……この人はよくわかってる人だぁぁぁあああッ！

そうそうそうそうそう、俺ってば全然悪くないんだよッッッ！　悪さの欠片《かけら》もないんだよッ！　ジャイコフとかいう頭のおかしい野郎にいきなり喧嘩《けんか》ふっかけられた被害者なんだって！

衛兵長のクラウスの奴も、「ご安心を、我が主様《あるじ》。貴方《あなた》に落ち度がないようしっかりと伝えておきましたので！」って言ってたしね。俺の正義っぷりがそのまんま伝わってくれたようで何よりだ。

「まぁ、我輩の立ち会いもなしに殺し合いをしてしまったのはそれなりに不味《まず》いが……ジャイコフがベイバロン領をよく思っていなかったのは把握していたからなぁ。事前に決闘の届け出も出ていたし、遅かれ早かれどちらかが死ぬ運命だったか。

——よし、この結果を正式なものとして認めよう。決闘法に基づき、今日からボンクレー領は貴様のものだ。しっかりと管理するがいい」

「ハッ！　この命に替えましてもッ！」

よっしゃぁ～～～～～～！　ボンクレー領、正式にゲットだぜッ！

ああ、やっぱりホーエンハイム公爵は良い人だよなぁ。豪快で男らしくってさぁ。

全部の貴族が俺かこの人みたいな性格だったら世界は平和になるのにね？

そう思ってると、公爵様は笑みを深くして呟《つぶや》いた。

「フフフ、やはり貴様と話すのは心地がいいなぁリゼよ。目を見ればよぉくわかるぞ。……ろくに魔法が使えず、『血筋だけの公爵』と揶揄《やゆ》される我輩に対して、貴様は本気で礼を尽くしておる」

えっ、マジで!?　公爵様ってば軽視されてんの!?　えー、ないわー！　だってこの人すごくいい人じゃん！

たしか色々な農耕法とか水路の造りとか考えて、平民の暮らしをめちゃくちゃ助けてるって話じゃん？

「……ホーエンハイム公爵、それは周りの見る目がないだけですよ。ジャイコフのような魔法が使えるだけの無能より、民衆のために活躍している貴方のほうがよほど上に立つのに相応《ふさわ》しい存在だと俺は思います」

「むっ……ふ、ふはははははッ！　ずいぶんと大胆なことを言ってくれたなぁ！　その発言、領主としての手腕よりも『魔法使い』としての実力が評価される貴族社会においては、失言もいいところだぞ？」

「罰しますか？」

「――いや、感謝するッ！」

勢いよく立ち上がり、俺の肩をバシバシと叩《たた》く公爵様。いてぇ。

まぁ元気が出たみたいだからよしとするか。俺ってばマジで癒し系だね！

「うむうむ、貴様の言う通りだな。やはり上に立つ人間は、下の者たちのことを心から思いやれる者でなくてはいかん。部下たちを家畜や道具と同列に扱っていては、どんな集団もいずれ滅びるというものだ。

よし、この国を守るためにも――我輩は決心がついたぞ……！」

おっ、なんか知らんけど新しい政策とか国防の策とか思いついたの？　よかったじゃん。

「フッ。応援してますよ、ホーエンハイム公爵。貴方ならきっとこの国をよくしてくれるでしょう」

「おっと、どうやら貴様には我輩の考えがお見通しのようだな！

……ここに来る途中、豊かになったベイバロンの土地や民衆の幸せそうな顔を見て予感しておったわ。リゼよ、貴様は貴族としての醜聞などまるで一切考えず、平民のために魔法すらも使っておるな？」

「ええ。民の幸せを願うのであれば、使えるものは使うべきでしょう？」

「グハハハハッ！　あぁ、その通りだッ！　まったくもって貴殿は正しいッ！　まさに貴殿こそ我が盟友……新たな時代の貴族の鑑《かがみ》よ！」

おおおお……俺の媚《こ》びへつらっていくスタイルを馬鹿にするどころか褒めてくれるなんて、やっぱりこの人いい人だー！！！

こんな人格者なら、きっと国を平和な方向に導いてくれるに違いない！　俺ってば一生ついていきますぜッ！

俺もまた立ち上がり、ホーエンハイム公爵と強く手を結びながら誓い合う。

「公爵……共に努力し、平和な国にしていきましょう！」

「うむ、そうだなリゼよ！　どれだけ犠牲が出たとしても、必ずや平和な国にしていこうッ！」

うっ、うん？　なんかこの人、すっげー不穏なことを言ったような……まぁいっかぁ！

大正義である俺のことを全肯定してくれる超正義なホーエンハイム公爵のことだから、きっとなんかいい感じの策があるんだろうッ！

「さて、そろそろ帰るとしようか！　では盟友よ、必要な物や困りごとがあったら何でも我輩に頼るとよいッ！　貴殿のケツは我輩が持ってやろう！」
マ、マジで!?　何でもお願いしていいのー!?
やったぁぁぁあああぁッ！　この人本当にめちゃくちゃ良い人じゃーん！

一緒に平和を目指して頑張ろうね、ホーエンハイムおじさん！！！

◆◇◆

「――フフフ、本当に有意義な時間を過ごせたものだ……」

揺れる高級馬車の中、ホーエンハイムはにこやかに笑っていた。

ベイバロン領の民衆が笑顔で暮らしている様子を窓から覗《のぞ》きながら、彼は心から思う。

これぞまさしく、自分が目指している理想の国家の形だと。


ホーエンハイムは昔から考えていた。なぜ魔法が使える連中は、それを平民のために使ってやらないのか。『ソフィア教』の教えに反するからといって、なぜいつまでも馬鹿みたいに従っているのか。

ああ、たとえ労力を尽くすことになろうとも、民の幸福はいずれ貴族自身の幸福にも繋《つな》がるというのに――どうして何の行動も起こさないのかと。

だが、それを訴えたところで〝魔法の使えない無能が生意気を言うな〟と陰で罵られるだけだ。ゆえにホーエンハイムは様々な農耕法などを必死で考えだし、全ての民衆に教え、収益が上がることで自分たちも幸せになると貴族たちに実践してみせたのだが……それでも彼らは動かなかった。

むしろ〝土いじりをしてまで民衆の人気を得たいのか〟と、見当はずれの陰口が飛び交うだけに終わった。

その結果を受け――ホーエンハイムはキレた。それはそれは盛大にキレた。

今の貴族社会はもう駄目だ。いっそ王族含めて皆殺しにして、国家を一新してしまおうと思いついたのである。

だが、革命を起こすには志を同じくする味方が必要だった。

それをどうやって探そうか思い悩んでいたところで――彼はリゼ・ベイバロンという理想の人物を見つけたのである。

「……あやつの瞳には、正義の炎が燃えていた。一切の迷いすらもない、純粋な光が宿っていた」

悪徳や虚偽を重ねた者は、人間性の歪《ゆが》みや無意識の罪悪感によって自然と瞳が濁っていくものだ。

だがしかし、リゼの瞳はどこまでも真っ直《す》ぐだった。『俺は何も悪いことはしていない。俺こそが正義だ』という意志が、ありありと伝わってきた。

あんなに純粋な目が出来るのは、物語における『英雄』か何も考えてない幼児くらいだろう。間違いなく前者だとホーエンハイムは確信している。

そして『ソフィア教』の教えに真っ向から逆らってまで民衆に尽くしているリゼの生き様から、ホーエンハイムは決めたのだった。彼こそが共に反逆を成す同志に相応しいと――！

「我が素晴らしき盟友よ、いずれまた会おう！　全ての悪を滅ぼし尽くし、血塗《ちまみ》れの手で平和を掴《つか》もうぞッ！」

――こうして、ホーエンハイム公爵は高笑いを上げながら、ベイバロン領を後にしていくのだった。

なお……彼は当然気付いていない。

その素晴らしき盟友ことリゼ・ベイバロンという男が、媚《こび》を売るために平民に尽くし始めただけだということに……！

何も考えていない幼児並みに思考が浅い、ただの倫理に欠けた独善野郎だということに――！

かくして、クーデターを考えている大権力者と考えなしで反乱分子を領地に集めているアホという、色々とギリギリすぎるコンビが誕生してしまったのだった……！

第十六話　（唐突に）冒険に出よう！

――公爵様からボンクレーの領地を正式にもらってから一週間。俺の人生は順風満帆だった。

まず領境を取っ払い、色々とややこしいからボンクレー領もベイバロン領に改名してみた。その際にジャイコフ・ボンクレーの親戚から「無慈悲すぎるッ！」「我々の名を歴史から消す気か！」とか意味わからん抗議が飛んできたけど、なんかアリシアたち邪教徒集団が拉致していったので問題なかった。

数日後には「リゼ様万歳ッ！！！　リゼ様が紡いでいく英雄譚《たん》に比べれば、我がボンクレー家の歴史や家名なんてゴミクズですッ！」って言ってきたしね。なぜかやつれてたのでお肉食べさせてあげたら泣きながら食ってた。よかったね。

うーん本当に順調な限りだ。

追放された者や奴隷や獣人も相変わらず集めまくってて領地はどんどん賑《にぎ》やかになってるし、食糧だってパン粉をブチまけば三秒で更地を麦畑に出来るからな。俺の回復魔法も成長したもんだ。

税の管理なんかのほうも、ホーエンハイム公爵が頭のいい部下たちを回してくれるそうだからそいつらに任せとけば問題ないだろ。「我輩たちと同じ志を持つ者たちだ！」って言ってたから、きっと平和主義者な良い人たちが来てくれるんだろうなぁ。

「……さて、そうなると次はどうしようか……」


執務室で椅子をギコギコしながら考える。

そう、今や俺は貴族として満たされていた。かつては色々と大変だったけど、今の俺には時間の余裕があった。

ああ、こうなったら――男のロマンを求めてみるのもいいんじゃないか!? 若いのは今だけなんだから、ちょっとした冒険に出てみるのも一興なんじゃないかッ！

……たしかお隣の領地には、打ち捨てられた廃鉱山があったはずだ。

強力なモンスターの『ドラゴン』が住み着いたとかで、数十年ほど使われていないんだとか。

よっしゃ、だったらそいつを討伐しに行こうじゃないかッ！

他の領地の資源採掘場に潜り込むとなると色々と手続きが必要になるみたいだけど、ぶっちゃけ面倒くさいしまぁ数人程度だったら潜入しても問題ないだろう！！！　よーしけってーい！　思いついたら即行動するところがリゼくんの良いところだよね！

「たしか俺が読んでた絵本に、こういう話があったなぁ。『勇気ある魔法使いが僧侶と戦士と剣士を引き連れ、ドラゴンを倒す』って」

ここはそれに準《なぞら》えていこうじゃないか。

となると、誘うメンバーは……、

「――えっ、ドラゴン退治のお誘いに!?　行きます行きますっ、ぜひこのアリシアも連れて行ってくださいッ！　それではさっそくベッドにゴーッ!!」

「いや、今から行くのは廃鉱山だ」

「ちょっとリゼ様、わたしの鉱山は新品ですよッ！」

「お前は何を言ってるんだ？」

僧侶枠として、銀髪シスターのアリシアを誘ってみた。

道中とかで神の素晴らしさとか語ってきそうだから本当は遠慮したかったけど、今やほとんどの領民がデミウルゴス教の信者だからなぁ。反逆されるのも恐《こわ》いので、その代表者であるコイツとはそこそこ仲良くしておこうか。

ちなみに今日が排卵日らしい。そんなステータス教えなくていいです。

さて、イチャイチャベロベロしてくるアリシアを適当に手でいじってやりながら、俺が二番目に誘いに行ったのは――、

「――なぬっ、ドラゴン退治だと!? ぜひとも私を連れて行ってくれッ！ 獣人族にとってドラゴンは最高の珍味なんだッ！ あれを喰《く》い殺すために、年間数百人の死者が出ていたほどのなッ！」

「そうか、何味なんだ？」

「高級な鶏肉《とりにく》に近いな！」

「高級な鶏肉を食えばいいのでは……？」

戦士枠として、金髪イヌ耳美女のイリーナを誘ってみた。

戦士かどうかはよくわからんけど、獣人族ってのは身体能力がすごいしきっと役立ってくれることだろう。

それにこいつとは、一緒に爆弾を作った爆友だからな。これからも仲良くしていこうぜッ！

そう思ってると、アリシアが『いいことを考えたッ！』って笑顔でイリーナへと言い放つ。

「思いつきましたッ！　イリーナさんはリゼ様と女の子を作ってください！　わたしは男の子を産むので、掛け合わせてリゼ様を作りましょう！」

「……おいリゼ殿、アリシア殿の頭に回復魔法をかけてやったほうがいいんじゃないか？」

「試してみたけど駄目だった。よし、次行くぞ」


おっぱいをムギュムギュと押し付けてくるアリシアと、幸せそうにすり寄ってくるイリーナを脇に、俺は三人目のメンバーを誘いに行った。

さて、最後の仲間は――、

「……いや、主様《あるじ》。なんでそこで自分なんすか……？　どうせならメイド長のベルさんでも誘って、ハーレムパーティーにでもしたらいいじゃないっすか」

「フッ、妬《や》いているのかクラウス？……俺にはお前が必要だ。どうかついてきてくれ」

「っ、主様――いいや、リゼさんッ！」


剣士枠として、爽やかイケメンな衛兵長のクラウスを誘ってみた。

女の子ばっかかだと気疲れするしね～。ここは男同士、友情ってのを深めようじゃないかよ。

そう思いながら俺たちが強く握手していると――、

「ごごごごご、ご主人様ーッ！　お世話係としてわたくしもついていきます！！！」

なぜかメイド長のベルが、息を荒らげながら猛スピードで現れたのだった。

いや、うん、別にいいんだけど……なんでこの子、紙とペンなんて持ってるんだろう？

まぁいいや。これでメンバーは揃《そろ》ったぜ！

――かくして、俺の大冒険が幕を開けるのだった！

第十七話　激闘ッ！《獄炎魔竜・ブラックドラゴン》!!!

——鉱山の奥深くに住み着いてから数十年。そのドラゴンは実質的に領地を支配し続けていた。

最初のうちは何人もの兵士が送り込まれていたものの、弓矢すら弾《はじ》く黒き竜鱗《りゅうりん》の前には人間の攻撃などまるで無意味。鋭き爪牙《そうが》を振るい、一瞬にして肉片に変えてみせた。

それが続くこと数十回。最終的には恐る恐る出向いてきた魔法使いの領主をいともたやすく抹殺せしめた時点で、領民たちはドラゴンの前に完全に屈服したのだった。

「グルルル……」

縦穴の底で黒竜は嗤《わら》う。人間とはなんと無力な種族だろうと。

今ではドラゴンの脅威に恐れをなし、定期的に家畜や生贄《いけにえ》の少女を向こうから落としてくるくらいだ。狩りをせずとも食事が提供される生活に、ドラゴンは存外満足していた。

だが——たまには身体《からだ》を動かしてみたくなるものだ。

〝よし、久しぶりに近隣の集落を襲ってやろうか〟

嗜虐心《しぎゃくしん》を滾《たぎ》らせながらドラゴンは唸《うな》る。それは気まぐれで残酷でどこまでも一方的な、絶対的王者の決定であった。

かくして両翼を羽ばたかせ、ドラゴンが地上に飛び立たんとした——その時、

「——なるほど、お前が邪悪なるドラゴンか」

突如として、上のほうから凛《りん》とした声が響いた。

ドラゴンが睨《にら》み上げれば、かつては坑道だった生贄投棄用の横穴に、数名の人間が立ち並んでいた。

かの黒竜には人の美的感覚などわからなかったが、ほとんどが女子供で、しかも上等な肉質をしていると見て上機嫌になる。

〝ほほう、上物の食事を持ってきたか……！　ならば人間どもよ、さっさと我に食われるがいい〟

さぁ、死の奈落へと堕《お》ちてこい……！

そうしてドラゴンが大きく口を開け、エサが降ってくるのを待ち構えた瞬間——、

「――では一投目、アリシアいっきまぁぁぁあすッ！！！」

小さな木の筒がドラゴンの口に向かって投げ放たれ、牙に当たるのと同時に大爆発を起こしたのである――ッッッ！！！

「グギャァアアアアアアアアアアアアアッッッ！！！？」

ドラゴンは絶叫した！　てっきりいつものようにエサが落ちてくると完全に思い込んでいたがために、突如として受けたダメージにのたうち回った！

だがこれは始まりに過ぎなかった。人間たちは愉快そうな笑みを浮かべると、次々と謎の筒を投擲《とうてき》してきたのであるッ！

〝やっ、やめろぉおおお!?　なんだソレは!?　なんなのだお前たちはッ!?〟

人間たちが投げつけてくる爆発物の威力は凄絶であった。ドゴォオオオオオッ！　という激しい音を立て、ドラゴンの身体を爆滅していく！

強靭《きょうじん》なはずの黒き鱗《うろこ》が弾け飛び、自慢の翼には穴が開き、何百という人間を抹殺してきた爪牙はボロボロと崩れて抜け落ちていく――ッ！

それはドラゴンにとってありえない事態だった。

わずか数名の人間に一方的に嬲《なぶ》られるなど、最強のモンスターとして許してはいけないことだった――！

「グッ、グガァァァアアアアアアアアアッッッ！！！」

熱と衝撃に身を削られる中、ドラゴンは怒りの咆哮《ほうこう》を張り上げる。

〝人間ごときに殺されてなるものか。自分こそが、生態系の絶対的な王者なのだ！〟

そんなプライドに両眼《りょうめ》を光らせ、人間たちを討ち滅ぼすべく死力を尽くして飛び上がった。

はたしてドラゴンが、ついに人間たちと同じ高さにまで迫った瞬間——リーダーだと思《おぼ》しき冷たい瞳をした男が、ふと思いついたように呟《つぶや》いた。

「カッコいいじゃないか、お前。——よし決めた。お前の来世は俺のペットだ」

〝なにっ⁉〟

意味の分からない言葉と共に、彼はドラゴンの口の中へと細切れの肉のようなものを投げつけてきた。

てっきり毒かと思いきや、舌に感じるのは上品な牛肉の味だ。一体なんのつもりかと思いながら、ドラゴンがゴクリと呑《の》み込んでしまった……その時、

『モォオオオオオオオオオオオオオオオオオオオオオオオオオオオオオオオオオオオオ

オオオオオオオオッッッ！！！』

ドラゴンの生涯は完全に終わった。

なぜならその体内で、数十頭もの牛が誕生を果たしたのだから――――ッ！！！

「ゲボォオオオオオオオオオオオッッッッ！！！？」

「モォ～！」

大量の牛たちはドラゴンの内臓と肉を全て押し潰し、全身の穴からのんきに顔を出していく。

……こうして哀れな黒竜は、牛を吐き散らしながら縦穴の底へと堕ちていったのだった――。

◆
◇
◆

——やったぁ〜〜〜〜〜〜〜〜〜〜〜〜〜！　ドラゴンぶっ殺してやったぜ！　そしてペットゲットだぜー！！！


ドラゴンを討伐した俺たち五人は、ゆらゆらと馬車に揺られながら帰路についていた。

いや、正確には五人と五匹と言うべきか。俺たちの膝の上には、ニワトリくらいの大きさしかない黒竜が元気に鳴き声を上げていた。

あの後ドラゴンから肉片を採取して、俺の回復魔法で量産してみたのだ。

爆弾を投げてたらあっさり死んじまったクソザコトカゲだったけど、見た目はカッコよかったからなぁドラゴン。これからはコイツらをベースに育成法や調教法を確立していって、いずれはベイバロン領の顔として頑張ってもらうつもりでいる。

運搬なんかを手伝ってもらったり、お客さんを乗せて飛ばしたり、美味《おい》しいらしいから食用としても育ててみたり……ふふふ、きっと国中で有名になるぞぉ！

「ピィー！　ピィー！」

「よしよし、牛肉でも食うか？」

「ピギャァアアッ!?」

牛肉を見せるとガクガクと震えて泣き始めた。

なぜか牛肉が嫌いらしい。贅沢《ぜいたく》なトカゲモドキである。

だが、生き物の赤ちゃんというのは何でも可愛《かわい》いものだ。

頭のおかしいアリシアなんかも、優しい笑みを浮かべて膝の上の子竜を撫《な》でていた。

「うふふふ……わたしのことはママって呼ぶんですよぉ？　そしてリゼ様のことをパパって呼ぶのです。さぁほら、言ってみなさい？　ほら早くッ！！」

「ピ、ピギィ～……！」

「いや、無理だろ……」

……やっぱりアリシアはアリシアだったらしい。うーん、顔と身体と触り心地は最高なんだけど残念だ。少しは俺を見習えってんだ。

やれやれと思いながら、イヌ耳美女のイリーナのほうを見ると――、

「ぐ～……ぐ～……！」

……お腹《なか》をポッコリとさせながら、幸せそうな笑顔で眠りこけていた。ちなみに黒竜は

どこにもいなくなっていた。

見なかったことにしよう。

ちなみに衛兵長のクラウスは俺の素晴らしさをメイドのベルに熱く語り、ベルはそんなクラウスの話を聞きながら「主君であるロゼのことを熱愛している騎士のクライス。だがしかし、そこにロゼのことを狙っているへーゼルハイム公爵が現れ、男たち三人は愛欲の沼に堕ちていき――――ッ！」などと、意味のわからないことを呟きながら嬉々《きき》として紙に文章を書いていた。

うん、なんか知らんけどしっかりと文字が書けているようで何よりだ。みっちりと教えてやった甲斐《かい》があったな。

「ふぅ……」

愉快な仲間たちに囲まれながら思う。今回の冒険は本当に色々なことがあったと。

意気揚々とベイバロン領を出て、数十頭の馬に馬車を引かせたら一時間くらいで廃鉱山について、強いとかいうドラゴンを一分で倒して、今もまた大量の馬たちのおかげでもうベイバロンが見えるところまで来ていて……って、あれ？

――俺、二時間くらいしか冒険してねぇじゃんッッ！！！？　こいつらとの思い出とか絶無じゃんッ！！！

「ピィ〜ピィ〜！」

「……お前が弱すぎるのが悪いんだよ。牛肉食えオラ」

「ピギャァアアアアアアアアアアアアアアアアアアアアアアアッ!?」

チビ黒竜に牛肉を押し付けて憂さ晴らしする。

……まぁ散歩に出るくらいの手軽さでドラゴンが手に入ったからよしとするかー！

よし、今度は近くの海にいるクラーケンとかいう数十メートルのイカを捕まえてきて、ベイバロン領の池で飼っちゃおっと！

いつかはたくさんの観光客で賑《にぎ》わう平和な領地を目指して、今日も明日も頑張ろうッ！

俺の冒険は、これからだ――ッ！

※前回出した牛さんたちはあの後みんなで食べませんでした。

第十八話　激闘ッ！《海の破壊者・クラーケン》！

——せーのっ、

「「「「海だーっ！」」」」


燦々《さんさん》とした太陽が照らす中、俺と仲間たちは蒼《あお》い海原に向かって吼《ほ》え叫んだ！

ドラゴンをあっさりと討伐してしまった翌日のこと。やっぱりあれだけじゃ物足りないと思った俺は、再びアリシアやイリーナ、クラウスやベルを誘って、大海原の広がる『パレスサイド』領という土地に来ていた。

といっても、遊びに来たわけじゃないぞ！

「いいかお前たち。ここらの海には古くから住み着いている伝説の魔物、クラーケンというヤツが出るらしい。今日はそいつを討伐して捕獲するぞ」

そう、超絶有能平和主義者大英雄領主のリゼ様が、子供みたいに遊びたくて海に来たわけがない。

そのクラーケンとかいう悪い魔物を倒して、この海に平和をもたらすんだ！

というわけで、

「目当てのクラーケンを誘い出すために……今日はみんなでいっぱい遊ぶぞーッ！」

「「「やったぁあああああああ！」」」

大声を上げながら、俺たちは海の中へと駆け込んだ！

「さぁさぁリゼ様、わたしと一緒に泳ぎましょうッ！　それともあちらで遊んでいるクラウス様とイリーナ様のように、ビーチボールがいいですか!?　ちょうどアリシア、お胸に二つのボールがついてるんですけど～コレで遊びませんか～♡」

そう言って、水着に包まれた胸をプルンプルンと強調させてくるアリシアさん。うむうむエロい！

普段のエロエロ修道服をさらに生地を薄くして露出過多に改造したような、エロエロ修道服風水着と言ったところか。頭ポアポアなのに本当にいい身体《からだ》してるなぁチクショウ！

でも手を出して赤ちゃんできると、子供にも宗教談義して一緒に勧誘活動に連れ回すタイプの母親になりそうだから今はやめとくぜッ！　俺の常識人オーラを浴び続けて身体は百点脳みそ〇点の呪いから解き放たれるまでガマンガマンだ！　俺は我慢強い男として俺の中で有名なのだ！

「おっとアリシア、後ろにクラゲが泳いでるぞ」

「ぁんっ、リゼ様!?」

かーッ、ガマンガマンとは言ったけど仲間のピンチなら仕方ない！　俺はキュッとしたアリシアの腰に手を回し、彼女のことを抱き寄せた！

ちなみにアリシアの後ろを漂っていたのはクラゲじゃなくて昼寝しているマンボウだったけど、まぁ俺だって見間違うこともあるだろう！　はっはっはっはっはっ！

そうして、頬を赤らめるアリシアを抱き締めながら、俺が上機嫌になっていると――、

「うおおおおおおおおおおおおおおおおッ！　音速魔球獣王弾ッッッ！！！」

『ウボォオオオオオオオオオオオオオオオオッ!?』

ギュォォオオオオオオオオオオオンンッ！　という音を出しながら、超高速のビーチボールが飛んできて隣にいたマンボウを地平線の向こうまで吹き飛ばしていったッ！って
マンボウーーーーーーー!?

一体何が起きたのかとボールが飛んできた方向を見ると、そこには黒いビキニを着たイリーナが、涙目で仁王立ちしていた……！

「お、おいイリーナ……？」

「うぅぅぅぅうううううううううぅぅぅうううう〜〜〜〜ッ！　何なのだ、この気持ちはッ!?　アリシア殿とイチャイチャベタベタしているリゼ殿を見ていたら、胸が

苦しくなって力加減が出来なくなってしまったぞぉぉおおおお！！」

な、なるほど……？

流石《さすが》は身体能力に優れた獣人族というべきか。全力を出せばただのビーチボールで殺人魔球を放てるようになるらしい。

うわぁこええよぉ獣人族……！　絶対に反逆されないよう、さらに待遇をよくしてあげよっと！

そんな思いを胸に、とりあえず泣きそうなイリーナを招き寄せる。

「……ほらこいイリーナ。嫉妬心でマンボウを地平線まで吹き飛ばすな」

「うぅぅぅうう、リゼどの〜〜〜〜〜っ！」

赤ちゃんみたいに縋《すが》り寄ってきたイリーナのことも抱き締めてやる。見た目はムチムチパッツンパッツンの金髪イヌ耳美女なのだが、このように甘えん坊なところがあるのだ。

よしよしよし。お前も俺の知的オーラを浴び続けて、身体は百点脳みそ〇点の呪いから解き放たれような……！

「むぐぐ、アリシア殿には負けんぞ……先にリゼ殿と添い遂げるのはこの私だ……っ！」

「あら、わたしは二番目でも大丈夫ですよ？　だってイリーナ様のことは……初めてできた、大切な女友達だと思ってますから」

「なっ……アリシア殿ぉ……！」

「うふふ、イリーナさぁん……♡」

俺に抱き締められながら、身体を抱き寄せ合うアリシアとイリーナ。

うむうむ、仲良きことはよきことかな……！　世間的には関係が最悪の人間族と獣人族だが、せめてベイバロン領の連中だけは仲良くして欲しいと思っている。やっぱり平和が一番だからな！

平和主義者のリゼ様の領地では、貴族も平民も異種族もみんな平等なのだ！

「「「ぎゅ〜〜〜〜！」」」

というわけで三人でみっちり抱き寄せあい、絆《きずな》を強めていた時だ。

不意にクラウスと子供らしいピンクのパレオを着たベルが、遠くのほうを指差しながら叫んだ。

「ちょっ、リゼさーん！　なんか向こうのほうから、デカい影が泳いできてるんすけどー!?」

「みなさーん！　なんかヤバそうですし逃げてくださーいッ！」

なっ、なんだってー!?　二人が指差しているほうを見ると、たしかにめちゃくちゃデカい何かが、超高速で接近してきて――！

『グギャァァアアアアアアアアッ！！！』

「なっ……!?」

そうしてヤツは、けたたましい唸《うな》り声を出しながら海面より飛び出してきたッ！

イカのような姿をしたその生物は、十本の触手をうねらせながら俺たちを睨《にら》み付けてくる！

って、でっっっかぁあああああああああい!?　なんだこいつ!?　ドラゴンでも十メートルくらいの体長だったのに、こいつは百メートルくらいあるぞ!?

「まさかコイツがクラーケンか……！　クラウス、戦えるか!?」

「水着で剣も置いてきちゃったから無理です！」

「ベルは!?」

「メイドだから無理です！」

「だよなッ！　よし、一度撤退するぞ！」

わざわざ敵のフィールドで戦ってやる必要はない！　すぐさまクラーケンに背を向けると、俺たちは砂浜に向かって駆け出した！

だがしかし、

『グギャギィイイィィィィィイイッ！』

「きゃぁぁああああああああっ!?」

アリシアとイリーナの悲鳴が響き渡る！　クラーケンは触手を伸ばすと、彼女たちの手足をからめとって拘束していったのだ！

「ひぅううっ!?　ヌルヌルして気持ち悪いっ!?」

「うひぃいいいいいっ!?　このっ、放せぇぇぇえええっ！」

必死にもがく二人だが、粘液にまみれた極太の触手はさらに拘束を強めていき、彼女たちの白い素肌を這《は》いまわっていく――！

くそっ、あのクラーケンという魔物は大食いで、この近海の魚たちを喰《く》い荒らしまくってると聞く！　このままじゃ二人も食われちまうッ！

ええい、こうなったら……！


「――俺の仲間たちを傷付けさせはしない。いくぞクラーケン、勝負だッ！」


アリシアとイリーナを救うべく、クラーケンに向かって全力で駆け出したッ！

そんな俺に対して触手の一本を放ってくるクラーケン。しかしその程度で怯《ひる》むものかッ！

「うおおおおおおおおお海の仲間たちよォオオオオオオオッ！！！　俺に力を貸してくれぇぇえええええ！！！」

俺は迫りくる触手に向かって、手にした『ウニ』を勢いよく投げつけたッ！　黒いトゲトゲが触手にわずかに突き刺さる！

『グギャギャァアァアァアァアアアアア！』

この程度、何するものぞと言った調子のクラーケン。だが残念だったな、そのウニには俺の回復魔法をたっぷりとかけてあるんだよォオオオッ！

その瞬間、触手に突き刺さったウニは数千匹にまで分裂を果たし、その重さによって触手が海面にビタンと落ちるッ！

よしやったぜッ！　触手の一本を封じ込めてやった！　まぁ増えすぎると海藻を絶滅させちまうっていうウニを一気に数千匹も増やしちまったけど、たぶん問題ないだろう！

必ずやクラーケンを討ち倒し、海の平和を俺が守るッ！

『ギギャァギィイイイイイッ!?』

「食らうがいいクラーケンッ！　次はこいつだぁあああああああ！！」

触手の一本をウニまみれにされて戸惑っている様子のクラーケンに向かい、俺はさらに『ヒトデ』を投げつけた！

東洋に伝わるという飛び装具『手裏剣』のように回転しながら飛んでいくヒトデ。それに対して回復魔法をかけまくり、数万匹にまで増殖させる――！

『ギギャアアアアアアアアアアアアアアッ！！？』

「きゃあっ!?」「わぁっ!?」

よっしゃあッ！　全身にヒトデが突き刺さりまくり、クラーケンはたまらずアリシアとイリーナを解放した！

よーしやってやったぜ！　まぁ増えすぎるとサンゴ礁を絶滅させちまうっていうヒトデを一気に数万匹も増やしちまったけど、たぶん問題ないだろう！　必ずやクラーケンを討ち倒し、海の平和は俺が守るッ！

「アリシア、イリーナ、砂浜に向かって急いで逃げろ。ヤツとはここで決着をつけるッ！」

『キシャァアアアアアアアアアアアアアッ！！！』

全身をウニとヒトデまみれにしながら、怒りの咆哮《ほうこう》を上げるクラーケン。ヤツは無事な九本の触手を蠢《うごめ》かせると、俺を絞め殺さんと一気に放ってきた！

だがやられるものかッ！　俺は必ず貴様を倒すッッッ！！！

「いくぞォオオオオオオオオオオオ！！！」

俺は片足に力を込めて、そのへんに浮いていた『クラゲ』を全力でクラーケンに蹴り込んだッ！

そうして全魔力を込めて回復魔法を使い、クラゲを数億匹にまで分裂させる！！！

『ギギャギィイイイイイイイイイイッ!?』

巨体に群がる超大量のクラゲたち――その麻痺《まひ》毒を全て受け、クラーケンの動きが止まった！　まぁ増えすぎるとプランクトンを絶滅させちまうっていうクラゲを一気に数億匹も増やしちまったけど、たぶん問題ないだろう！　必ずやクラーケンを討ち倒し、海の平和は俺が守るッ！

さぁ、今がチャンスだ！

「やるぞお前たちッ！　ありったけの爆弾を持ってこーいッ！」

「「「おおおおおおおおおおおッ！！！」」」

腕一杯に爆弾を抱えて駆け寄ってくる仲間たち。あとは簡単だった。ビクンビクンと麻痺しているクラーケンに向かって、全力で爆弾を投げ続けるッ！

「オラオラオラオラオラオラオラオラオラァァァァアアアアッッッ！！！」

『ギッシャァアアアアアアアアアアアアアアアアアアアアアアアアアアアアアッ！！？』

響き続ける爆発音とクラーケンの大絶叫――！　爆弾の衝撃によって浮袋が破裂してショック死した魚たちや砕け散ったサンゴたちが大量に浮かんでくるが、たぶん問題ないだろう！　俺は海の回復力を信じてるから！！！

かくして楽しいビーチ爆弾投げ大会は数分にわたって続き、ついに俺たちは海の破壊者・クラーケンを討ち倒したのだった！

やったぜリゼくん大勝利ッッッ！　パレスサイド領からの感謝状不可避だぜ、いえーーーーーーーい！

第十九話 侵してみよう、経済水域！

――ドラゴンのステーキを食ってお腹《なか》いっぱいなある日の午後。

「うーんどうしたもんかなぁ……」

執務室にて、俺は椅子をギコギコとさせながら思い悩んでいた。
つい先日、クラーケンを退治した後のことだ。クラーケンの奴《やつ》もドラゴンと一緒にベイバロン領の名物にしようと思い、肉片から赤ちゃんを作ってベイバロン領の池に放流してみたんだが、あっという間に弱って死んじまったんだよなぁ。
一体どうしちまったんだとモンスターに詳しいイリーナに聞いてみたところ、「どうやらコイツは海水でしか生きられないらしい。肉に塩味が染みてて美味《おい》しいぞ！」と死体を喰いながら答えてくれた。いや、味までは聞いてないんですけど。
そういうわけでクラーケン飼育計画はあえなく頓挫してしまったのだった。

――だがしかし、

「ここで諦めてしまっていいのか……？――いいや否ッ！　有能領主のリゼ様として、何としてでもベイバロン領を発展させなければッ！！！」

強き決意と共に、俺は椅子から立ち上がった！

そう。いくら食糧面で豊かになろうが、観光客がわんさか来てくれない限りは、ベイバロン領の悪評は決して消えることはない。そして、悪評がある限りは観光客を獲得出来ないッ！

その悪循環を打ち破るためには、『ベイバロン領名物！　一緒に遊んで食べられるドラゴン！』みたいなインパクトのある呼び物がたくさん必要なのだ！！！

ああ、こうなったらベイバロン領に海を作るしかないッ！！！

海があったら『ベイバロン領名物！　一緒に遊んで食べられるクラーケン！』を用意出来るし、海水浴目当ての客が来てくれるかもしれないしなッ！

というわけで……『海がある隣のパレスサイド領まで地面を掘っていって、海水を分けてもらおう作戦』のスタートだッ！！！

ちょっと地面にくぼみを作っていくだけだし、領地侵略にはならないだろたぶんッ！！！

◆ ◇ ◆

——俺の天才的な頭脳からひねり出された『海がある隣のパレスサイド領まで地面を掘っていって、海水を分けてもらおう作戦』は困難を極めた。

なにせベイバロン領から海までの距離は馬を飛ばしても数時間ほどあるからな。これを数キロの横幅を保ちつつクラーケンが住めるくらいの深さで掘っていくとなると、本当に大変な作業だった。

それでもみんな笑顔で仕事に従事してくれた。泣き言一つ言わず、働くのが楽しくて仕方ないといった様子で最後まで俺についてきてくれたッ！

ああ、ありがとう……本当にありがとうな、みんなッッッ！！！

かくして——三万人ちょいの男たちに、〝疲労がポンと抜けてテンションがブチ上がり世界全てが薔薇色《ばらいろ》に見える〟回復魔法をかけ続けること一週間——、

「お、ぉおおお……海だぁぁぁあああッ！」

「海だっ！　オレたちの領地に海が出来たぞぉオオオオッ！！！」


ついに、ベイバロン領にまで海がつながったのである！！！

これにはみんな大はしゃぎだ！　超回復の繰り返しすぎで筋肉ゴリゴリモンスターを通り越して鋼のごとき細マッチョ集団と化した男たちと共に、領地の発展を盛大に祝った！

そしてそして、嬉《うれ》しいのはそれだけではない！

栄養豊富にならないかなーとベイバロン領の海面に回復魔法をかけてみたところ、隣の領地の海のほうから大量の魚たちが流れ込んできたのだッ！！　もう釣り放題の獲《と》り放題で毎日お魚が食べられちゃうぜッ！　ベイバロン領に豊かな海の誕生だな！

……つーか豊かになりすぎて、ぶっちゃけクラーケンとかいらねぇな！

幼体（※ただし体長一メートル以上）を何百匹も作っちゃったんだけど、ドラゴンと違って見た目キモいしこんなん名物になるわけねーや！

よっしゃ、領民たちに回復魔法をかけまくったおかげで『命を操作する』感覚にも慣れたしイカの脳みそくらいイジれるだろ！

大食いのこいつらに魚を喰《く》われまくったら堪《たま》ったもんじゃないからね。ベイバロン領には近づかないよう頭に刻んで、パレスサイド領の海に帰すかぁ！

ばいばい赤ちゃんクラーケンズ、またいつか会おうな――――――！！！

※パレスサイド領の漁獲量が70％落ちました。

第二十話　友達に媚びよう！

「──フンッ！　ハァッ！　テヤァッ！」

ベイバロン領に新しくできた海岸にて、騎士クラウスは一心不乱に剣を振るっていた。

その太刀筋は流麗の一言であったが、彼はまだまだ足りないと、剣術を磨き続ける。

……元々はスラムの生まれであり、決して真面目な性格とは言い難いクラウス。そんな彼が熱心に修行を始めたのは、ひとえに『主君』のためであった。

「ハッ、テァァアアッ！……くそっ、こんなんじゃあ駄目だ。この程度の腕じゃ、リゼさんの助けにはなれない……！」

荒い息を吐きながら、クラウスはリゼ・ベイバロンに思いを馳《は》せる。

主君である彼は、どこまでも勇敢さに溢《あふ》れた男であった。強力な魔法使いや巨大なモンスターたちにも恐れず立ち向かい、必ずや勝利を摑《つか》み取ってみせる。

そうしてベイバロンの地に大きな戦果を持ち帰り、いつだって自分たち民衆を沸かせてくれる最高の領主であった。

今や彼のおかげで、ベイバロン領は大領地へと変貌を遂げていた。ボンクレー領を呑《の》み込んだことで土地は広大となり、すぐそばには海が広がり、さらに空には調教中のドラゴンたちが用心棒のように飛び回っているのだ。

ここまで豊かで堅牢《けんろう》な土地があるものか。リゼはほんの数か月の間に、見事に最強の支配域を作り上げたのだった。

……それに比べて、

「はぁ……成長してるんすかねぇ、オレは……」

クラウスは重く溜め息を吐《つ》いた。

海を造る重労働とリゼのかけてくれた〝疲労がポンと抜ける回復魔法〟のおかげで、肉体はたしかに強くなった。

だが、かの領主を守れるほどの実力を手に入れたのかといえば、答えは否だ。ありがたいことにリゼからは騎士として頼られているが、自分では実力不足ではないかとクラウスは常々思っている。

――リゼ・ベイバロンの挑む相手は、いつだって邪悪な強敵ぞろいだ。いつか彼の戦いについていけなくなり、置いていかれてしまうんじゃないか。そう考えると、クラウスの胸はズキズキと痛んだ。

「くそっ……もっと力が欲しい。いつだって真っ直《す》ぐで、堂々としていて、勇敢で……綺《き》麗《れい》な……リゼさんの役に立っていきたい……ッ！」

呻《うめ》くような声を漏らすクラウス。そうして彼が焦りに心を苛《さいな》まれていた、その時。

「――こんなところにいたのか。捜したぞ、クラウス」

凜《りん》と澄んだ声が砂浜に響いた。声のしたほうを見ると、そこには件《くだん》の偉大な主君、リゼ・ベイバロンが二本の釣《つ》り竿《ざお》を手に立っていた。

「リ、リゼさん……どうしてここに……」

「いやなに、お前とのんびり釣りでもしようと思ってな。……ここ最近、どうにも切羽詰まった顔をしていただろう？　主君として、放っておけん」

「っ……！」

クラウスの背筋に、喜びの感情が電流のごとく走った――！

ああ、これだ。これがリゼ・ベイバロンという男なのだ……！　そこいらの貴族であれば、平民《ぶか》の顔色が少し曇っていたところでどうにもしないし、そもそも気付きもしないだろう。特にクラウスの場合は、優しいリゼの負担にならないよう普段と変わらない顔付きをしているつもりだった。

だというのに……、

「リゼさん……なんで……っ!?　自分、アナタには悟られないようにしていたのに……っ！」

「フッ、馬鹿を言え。仮面一つで俺を欺けると思ったか？　リゼ・ベイバロンを舐《な》めるなよ。

主君として——友として、お前の異変に気付かないわけないだろう。どうして悩んでいるのか、よければ俺に話してみろ」

——そう言ってリゼに優しく肩を叩《たた》かれた瞬間、クラウスの想《おも》いは限界に達した。

彼はリゼを力強く抱き締め、涙と共に叫びを上げる——！

「あぁ、リゼさんッ！　オレ、ずっとずっと不安だったんですッ！　取るに足らないオレなんかの力で、この先いつまでアナタの役に立てるか……いつか見捨てられちゃうんじゃないかってッ！」

「そうか、そうだったんだな……」

「それでっ、それで、オレ——ッ！」

……吐き出され続けるクラウスの激情。それを、リゼはいつまでもおおらかに受け止め続けた。

その寛大さが堪《たま》らない。その優しさが、さらにクラウスの心を魅了していく。

〝この先、どんなことがあったとしても……この人のために強くなろう〟

リゼのことを強く抱きながら、クラウスはそう心に誓うのだった。

なお、

「リゼさん、リゼさん……！」

「うんうん……（っっっっってなーんだよぉぉぉぉもぉぉぉおおおおおッ！　要するに俺のことが大好きすぎて悩んでただけかよッ！　かーッ、てっきり反逆でも目論《もくろ》んでるのかと思ったぜーッ！　愛ゆえに俺を苦しませるとかとんでもないクラウスだな！）」

……当然ながらリゼが彼の顔色を気にしていたのは、単純に保身のためである。

土地も資源も豊かになった今、ベイバロン領の支配権はかなり旨《うま》みのあるものだ。

〝ここまで土地を育てたんだから、ぜ〜ったいに誰にも渡さないぞ〜！〟と、友情や優しさとは真逆の精神で周囲を警戒していたリゼなのであった。

「リゼさん……オレ、アナタのことを一生守ってみせます……っ！　（この命に替えても……ッ！）」

「フッ、頼りにしているぞクラウス（裏切るなよ!?　ジャイコフに仕えてたときみたいに裏切るなよ!?　良い思いたくさんさせてやるから絶対に裏切るなよッ!?）」

……色々とすれ違っている二人であるが、これでかなりの良好な関係を保てているのだから、一応問題ないのだろう。たぶん。

第二十一話 海賊を殺そう！

「――リゼ様ぁぁぁぁあああああッ！　大事件ですッ！　海のほうから海賊船がやってきましたッ！」

「なに？」

執務室でお茶を啜《すす》っていたある日の午後。銀髪シスターのアリシアが血相を変えながら飛び込んできた。

ハァハァと息を切らす彼女を落ち着かせるために飲みかけのティーカップを渡したところ、「リゼしゃまとの間接キッス……！」と呟《つぶや》きながらもっと息を荒くした。変態かな？

まぁそれはともかく、

「どういうことだ、アリシア。まさか敵襲か？」

「わかりません。とにかくドクロマークの帆を張った船が向かってきていて、じきに海岸に辿《たど》り着く頃かと！　リゼ様も来てくださいっ！」

よしわかったッ！　海賊による侵略だったらぶっ倒してやるまでだぜッ！　ベイバロンの地は俺が守る！

俺はアリシアに手を引かれ、彼女についていくのだった。

なお、辿り着いた場所は寝室だった。このおバカ！

◆◇◆

――俺とアリシアが辿り着いた頃には、ベイバロン領の砂浜は物々しい雰囲気に包まれていた。

明らか～に『海賊船じゃい！』って感じの船が浅瀬からちょっと離れたところに停泊し、小舟に乗り換えた海賊（っぽい恰好《かっこう》の人）たちがこちらに向かってきているところだ。なんで全員カトラスにジャケットにバンダナ装備なんだよ。仲良しすぎだろ。

そんな連中を前に、獣人族たちを率いたイリーナと衛兵団を引き連れたクラウスが、引き締めた表情で待機していた。

「イリーナ、クラウス。連中の様子はどんな感じだ？」

「おおっ、リゼ殿も来たのか！……見てみろ。先頭の船に乗る者たちが両手を振っていることから、敵対の意思はなさそうだが……」

「いかにも海賊って感じの恰好をしてますからねぇ……騙《だま》し討ちの可能性もあるっすよ。リゼさん、お気を付けを」

むっ、それもそうだな。今やベイバロン領は一大領地だ。（ジャイコフをぶっ殺して）土地は広大になったし、（分裂させまくった）家畜たちはいっぱいいるし、（勝手に分けてもらった）海も広がってるしな！　侵略の可能性は大いにある！　いやぁぁぁぁああああああああなんせ今や一大領地だからねぇえええええええ！　リゼくん悩んじゃうなぁああああああ！！！　ふふふのふ。

というわけで迎撃……ってわけにもいかないか。本当に困ってる人たちの可能性もあるからね～。

「よし、このまま相手の出方を見よう。航海中の流行《はや》り病などで苦しんでいる場合はすぐさま救護するぞ。食糧不足で困ってるなら気前よくタダであげてしまえ。……人種や立場、容姿や事情に関係なく、困っているときは助け合うのがベイバロン領の流儀だからな」

「リゼ殿……」「リゼさん……っ！」

キリッとした顔で名言っぽいことを言うと、イリーナとクラウスをはじめとした領民たちが感動に震え上がった。こいつらのほとんどは逃亡奴隷や貧民や故郷を追い出された疫病持ちなどだからな、それも当然だろう。

……まぁ実際のところはベイバロン領の評判を広めてもらうためなんだけどねッ！　海賊さんなら色んなところを旅するだろうし、ここで助けてやったらきっとベイバロン領の評判を撒《ま》き散らしてくれることだろうッ！　さすがはリゼくん、考えが深すぎるぜッ！

というわけで配下たちと突っ立ってると、いよいよ海賊連中は声が聞こえるくらいのところまで来た。

おっ、困った表情で何か叫んでるぞ？　よーしどんな事情であれ助けてやろう！　え～っとなになに～？

「――おーい、アンタら助けてくれー！　実はオレたち『奴隷』を運んでるところなんだが、こいつら『疫病』にかかりやがってよー！　バッチくて看病とかしたくねーんだわ！　少しくらいなら金は払うからアンタら代わりにやってくんねーかー？」

……その瞬間、感動していた領民たちの表情が修羅に変わった。

あーあ……あの海賊野郎、見事に地雷を踏み抜きやがって。

俺は溜《た》め息《いき》を吐《つ》きながら、海面の上を疾走して奴《やつ》らをぶっ殺しにかかった領民たちを見送ったのだった。

「うぅぅ……本当に助かりました、領主様……！　なんとお礼を申し上げたらいいか……！」

◆◇◆

そう言って頭を下げる粗末な恰好をした奴隷たち。てっきり女性ばかりと思いきや、全員が日焼けした男たちだった。

あれから海賊団を皆殺しにした俺たちは、さっそく海賊船に乗り込んで奴隷たちを救出してやったのだった。最初は戸惑っていた彼らであったが、領主邸まで連れてきて美味《おい》しいご飯を食べさせてやると、みんな泣きながら俺たちに感謝してくれた。疫病もヒョヒョイと治してやったしな。

そうして現在は彼らを居間に通し、アリシアも交えて食後のティータイム中だ。アホのお袋がお金もないのにノリで買ってきた『貴族っぽい長テーブル』が役に立ったぜ。

「さて、落ち着いたところで話を聞こうか。……そもそも、お前たちはどうして奴隷に？　海賊団に運ばれていた辺り、真っ当な経緯じゃなさそうだが……」

「はい……別にあっしら、借金がかさんで身売りすることになったとかじゃぁありやせん。誰もがあちこちの漁村の漁師だったのですが……沖に出ているところを海賊連中に襲われて、こんなことに。

それである日、酔っぱらった海賊どもが話していたのですが……なんでもあっしら、パレスサイド領の領主に買われることになっているとか……！」

「なんだと……!?」

俺は顔をしかめた。そんなのは奴隷の販売でも何でもない。ただの拉致という犯罪だ。

この国の法律上、人間を奴隷とするのにも道理がいる。たとえば借金が返せずに人権を売り払うことになった者たちは、残念ながら仕方がないだろう。借りたものは返さなければいけないのがルールだ。また、法的には親の所有物とされる未成年者が売り払われるのも、グレーゾーンながら容認されている。俺は認めちゃいないけどな。

だが……だがだ。暴力によって人間を無理やり屈服させ、故郷から連れ去るのは完全に犯罪だッ！　そして事情を知りながらそんな者たちを買い取るのも、同じく外道の極みであるッ！　法律的にも俺の心情的にも、とても許せるわけがないッ！

海賊連中め……そしてパレスサイド領の領主めッ！　民衆を守る貴族として許せないぜッ！

「……なるほど、事情はすべて理解した。お前たちが海賊に狙われたのは、拉致しても足が付きにくいからだろうな。

漁師は危険な職業だ。いつまでも帰ってこないとあっても、転覆でもして死んだと思われて終了だ。まさに、密売するにはピッタリだったというわけだ」

「うぅ……チクショウ、あのクソ海賊どもめ……クソ領主め……ッ！」

悔しげにすすり泣く男たち。疫病にかかってしまったということから、劣悪な生活を強いられていたのだろう。本当に心から同情する。

ゆえに――、

「なぁお前たち……このままやられっぱなしで満足か？」

俺は男たちをジッと見据え、怒りを込めて問いかける。

「少なくとも、俺がお前たちの立場だったら許せないッ！　家族のために、自分のために、ひたすら真面目に働いていただけだというのに――パレスサイド領の支配者は海賊どもを操り、お前たちを人間以下の存在へと貶《おとし》めたんだぞッ!?　男だったらこれで黙っていられるかッ！」

「っ……でも領主様ッ！　魔法の使えないあっしら平民がどれだけ喚《わめ》いたところで、貴族様にはっ」

「馬鹿を言えッ！　お前たちにはこの俺がいるだろうッ!?

俺は心からこう思う――貴族とは平民を虐げる者ではなく、守る存在であるべきだと。

魔法とは、お前たちを脅かすためではなく……悪を打ち砕くためにあるものだと！

ゆえにこの俺が手を貸そう……！　お前たちの怒りと嘆きを、どうか俺に汲《く》み取らせてくれッ！」

「リ、リゼ様ぁあぁぁあぁぁあぁあああぁ……ッ！」

俺の言葉に涙を流す漁師たち。濡《ぬ》れた彼らの瞳の奥には、燃える怒りと決意の光が宿っていた。

「どうかっ……どうかチカラを貸してくださいッ！　このままやられっぱなしじゃ終われねぇッ！　あっしらとアンタで、悪党に目にもの見せてやりましょうッ！」

「ああ、その意気だッ！　平和な未来を掴《つか》むために、パレスサイド領に乗り込むぞッ！」

「「「オォォォォォォオオオオオオオオオオオッ！！！」」」

こうして数日後、パレスサイド領への突撃作戦が実行されることになったのだった！

……にしてもパレスサイド領の領主め。いったいどんな理由で彼らを集めてたんだろうか？

超絶正義マンのリゼ様には悪党の考えてることはわからないぜッ！

第二十二話　シリカちゃんを殺そう！

——パレスサイド領は特殊な領地である。本国よりわずかに離れた小島を本拠地とし、そこを中心に水上都市を形成していた。

常に潮風に晒《さら》されている環境から農作物の育ちは悪いが、領地の経営は順調そのものである。カヌーの行き交う独特な街並みに惹《ひ》かれて、多くの観光客が訪れる名物スポットでもあるからだ。

さらには季節を問わずたくさんの魚が獲《と》れるため、飢えとは常に無縁な土地だったのだが……、

「——海のばっきゃろぉおおおおおおおおおおおおおお！　うわぁぁあああああああああどぼじでなのよぉおおおおおおおおおおおおおおッッッ!?　なんでこんなことになっちゃったのよォオオオオオオオオオオオッ!?」

海に向かって泣きながら叫ぶ一人の女性。彼女の名はシリカ・パレスサイド。新たにパレスサイド領を継ぐことになった若き女領主である。

ほんの数週間前までは貴族らしく飽食に溺れる生活をしていた彼女だったが、今やシリカはエビフライの尻尾さえも残せない状況に陥っていた。

潮風が蒼《あお》い髪を靡《なび》かせる中、彼女は泣きながら砂浜にうずくまり、お腹《なか》を押さえて呻《うめ》き散らす。

「うぅうぅうぅうぅう、お腹空《す》いたよぉぉぉおおおぉぉぉぉお……！　アイツらが食い荒らすせいでお魚が全然獲れなくなっちゃったんですけどぉおぉおおおおおおおおおおおお……ッ！」

そう言って彼女は、何百匹もの巨大イカ――《海の破壊者・クラーケン》が泳ぎ回っている海を睨《にら》みつけたのだった。


その異変は突如として起きた。古くからパレスサイド近海を支配していた巨大な魔物クラーケンが、いきなり姿を見せなくなったのだ。

その情報にパレスサイドの漁師たちは沸き上がった。クラーケンを刺激しないように漁のポイントには気を配らなければいけなかったからだ。

また、漁師たちに輪をかけてシリカ・パレスサイドは絶叫するほど喜んだ。クラーケンが船を呑《の》み込んだという事件が年に一回ほど起きるたびに、領民たちはこぞってシリカにクラーケンの討伐を求めてきたからだ。

……シリカに言わせればふざけんなという話である。水魔法には多少自信のある彼女だが、体長百メートルを超えるようなバケモノなんて倒せるわけがない。

現に、祖父も曽祖父もクラーケンに挑んだ挙句、返り討ちにあって喰《く》い殺されたという話だ。ゆえに父の代からは完全にノータッチを決め込み、実質的に領海の一部をクラーケンに支配される状態が続いていた。……たまに領民たちに被害が及ぶが、それさえも無視だ。一番大切なのは自分の命である。

そうして父の代からクラーケンを野放しにすること数十年——ついにシリカの代で、クラーケンが寿命を迎えて死亡したと思ったのだが……。

「——なんで赤ちゃんたちがいっぱい生まれてるのよぉぉぉぉぉおおおおおぉぉぉぉお！　アイツ、他に類を見ない突然変異のモンスターじゃなかったの!?　何十年もつがいのいないプロの童貞じゃなかったの!?　いきなり姿を見せなくなったのは、ただの育児休暇だったわけぇえええええええええええッッッ!?」

再び大声で泣き叫ぶシリカ・パレスサイド。ちなみにクラーケンの幼体は一メートルを超える大きさである。それが何百匹も押し寄せてきたとなれば、被害は成体クラーケン一匹の比ではなかった。

結果的に海の魚たちはクラーケンたちに喰い荒らされ、漁業はほぼ壊滅状態。さらには（なぜか）大量発生したウニとヒトデとクラゲが海の環境を荒らしまくり、パレスサイド近海は地獄のような状態になっていた。

……そうして問われる責任問題。『クラーケンをいつまでも放置していたパレスサイド家が悪い！』と民衆に責め立てられ、シリカのストレスは限界に達し……ついに彼女は最悪の作戦を思いついたのだった。

その名もずばり――『大量の人間をまとめて縛って船のお尻にくくりつけ、そいつらを餌にしながらクラーケンたちをどこかに移動させちゃおう作戦』である……！

まさに最悪……まさに外道の極み……！　決まればたしかにクラーケンたちを領海から遠ざけることが出来るかもしれないが、当然ながら囮《おとり》となった人間たちは死亡すること間違いなしである。平民を見下しがちな貴族の中でも、このような策を実行出来る者はそうはいないだろう。

しかし、もはやシリカには余裕がなかった。漁業が廃れたほか、よほどの巨船でなければクラーケンたちに沈められてしまうため観光客も（物理的に）いなくなり、乏しくなっていく食糧と民衆により強まるプレッシャーから、ついに彼女は正気を失ってしまったのだった。

かくしてシリカは海賊団と渡りをつけ、秘密裏に人間たちを拉致することにしたのだったが――、

「うえええええええええええんッ！　海賊団の連中っ、全然戻ってこないじゃないのー!?　クソみたいな領民どもは使い物にならないし、もうアイツらだけが頼りなのにぃいいいいいいいいいッ！」

旅立っていった海賊たちがなかなか戻ってこない。まさか裏切られたんじゃないかと思い、シリカは再び絶叫を上げた。

元々、海の平和を守るパレスサイド家と船を襲う海賊団とは不倶戴天《ふぐたいてん》の仲であるのだ。決して信用出来る相手ではない。

「うぎぎぎ……！　もしもこのままヤツらが来ないようなら、クソみたいな領民たちを餌にしてやるんだからぁ……ッ！」

蒼い髪をグシャグシャと掻《か》き毟《むし》りながら、シリカ・パレスサイド（※二十九歳・独身）は覚悟を決める。

もしもバレたら暴動不可避の悪行であるため、領民たちには手を出したくなかったが

……もうこの事態を解決できるなら何でもいいとヤケクソ気味に腹をくくるのだった。

――そんな時である。夕焼けに染まった海の向こうから、船がやってくるのが見えたのだ。

その瞬間、泣き濡れていたシリカの瞳はパァッと明るくなった――！

ああ、間違いない。海賊団が約束通り来てくれたんだ！　魔の海域と化した今のパレスサイドに近づいてくる者は、領地を助けに来た救世主か考えなしのアホくらいだろう。むろん前者だと彼女は信じている！

シリカは感動でまた泣きながら、遠くの船へと元気に手を振った！

「おー――――――――――――――――――――い！　あたしはここよぉおおおおおおおおおおおおおッ！　もうクソみたいな領民どもに白い目で見られる生活は嫌なのよォォオオオッ！　さっさと生贄《いけにえ》どもを連れてきて、あたしのことをたしゅけてぇええええええええええ！！！」

声を裏返しながら叫ぶシリカ。そんな彼女の想《おも》いに応えるように、船は物凄《ものすご》い速さで接近してきて――！

「って、なんかあの船速すぎないッ!?　ちょちょちょちょちょちょストップストップストップゥゥゥウウウウウ!?」

わたわたと手を振る彼女だが、海賊船は一向に速度を緩めない。むしろパレスサイドの街に突っ込む勢いで、こちらに向かってくる——！

「ふぁっ、ふぁあああああああぁああッッッ!?」

　砂の上に尻餅をつくシリカ・パレスサイド。そんな彼女をよそに海賊船はついに浅瀬まで乗り上げ、ズザザザザザッ！　と船底の削れる音を立てながら、シリカを轢《ひ》き殺す寸前のところで止まったのだった。

　ああ……いったい何が起きているのか!?　現実についていけずに混乱と恐怖に震えるシリカへと、船首に立った男が声をかける。

「いやぁ、驚かせてすまなかったな。ここの領主に用があるんだが、どこにいるか知らないか？」

「えっ……えと、あたしが領主のシリカ・パレスサイドだけど……ってアンタ誰なのよ!?　生贄どもを連れてくる予定の船長はどうしたわけ!?」

「む、そうか……お前が例の領主か。

申し遅れた、俺の名前はリゼ・ベイバロン。お前に対して生贄ではなく——『復讐者《ふくしゅうしゃ》ども』を連れてきた男だ」

　次の瞬間、剣を装備した何十人もの男たちがシリカの前へと飛び降りてきた！

彼らは一瞬にして彼女を囲むと、その全身へと刃を押し当てる——！

「ひっ、ひぃいいいいいいいいいいいいいいッ!?」

シリカは恐怖で泣き叫んだ。表皮に食い込む寸前のところで刃は止められているが、下手に動けば身体《からだ》中の皮膚が裂けてしまうだろう。そして何より、男たちの殺意に染まった視線が怖すぎる！

「テメェが海賊団に指示を出した首謀者かぁぁぁああ……ッ！　よくもオレたちを拉致しやがったな……！」

「はひぃいいいいッ!?　もももも、もしかしてアンタっ……アナタたちは、さらわれる予定だった漁師さんたちでありましてぇえええええ……ッ!?」

ああ……今から自分は復讐されようとしているのだ。

ガックンガックンと震えながらシリカはようやく事態を呑《の》み込み、そして心の底から後悔した。

クソみたいな領民たちからのプレッシャーに気圧《けお》され、保身のためだけに外道な策なんて実行するんじゃなかった……全部クソみたいな領民たちが悪いんだ！　全員不幸になって死んじまえと！

そんな彼女に、リゼ・ベイバロンは問いかける。

「シリカ・パレスサイドといったな。念のために聞いておくが、どうしてお前は彼らのことを拉致しようとしたんだ？

　愛する領民たちを思って、何らかのトラブルを解決するために人員が必要だったというなら理解は出来る。

　だが、もしも欲望のためやくだらない自己保身のために集団拉致を実行したのなら——まぁ、ここで死ぬしかないだろうなぁ？」

「ひぎゃあああッ!?　ちちちちちちちちち違うから違うから勘違いだからぁぁあああああ！　ま、まさかそんな保身のためだけに外道を働くわけないいじゃないのヤダァアアアアアアアアッ！

　そ、そう——全ては、愛する領民たちのためなのよぉおおおおおおッ！　あたしはクソッ……じゃなくて天使みたいな領民たちのことを愛して愛して愛しまくってまして、クラーケンが大量発生したことで苦しんでいる彼らを救うべく、断腸の思いで悪行に手を染める覚悟をしたとかそんな感じでしてぇッ！　ハイもう、全ては溢《あふ》れる愛ゆえにィイイイイイッ！　あたし領民たちのことを大好きっスからぁぁあああああッ！」

……とにかくこの場を乗り切るために、白目を剥《む》いてゲロを吐きそうな気分になりながら、必死で（クソみたいだと思っている）領民たちへの愛を叫ぶシリカ。

　命を懸けた口八丁の始まりである。それから悲壮感たっぷりかつ物凄い勢いで（無呼吸で）事情の説明をすること五分間……彼女がいよいよ酸欠死する寸前のところで、リゼがこくりと頷《うなず》いたのだった。

「――なるほど、理解した。愛する領民たちの生活を守るために、他の領地の者たちを犠牲にしようとしたというわけか。……漁師たちよ、どう思う？」

「んんっ……外道なことには変わりませんが……情状酌量の余地くらいはありますわな。たんまり賠償金をくれるってんなら、まぁ」

「ッッッ!?　え、えええええええええええ払います払います払いますぅぅうううッ！　もうホンット反省してますハィぃいいいいいいいいいっ！

　このシリカ・パレスサイド、もう二度とこんなことはしないと誓います――って、あ、でもそうなると……クラーケンはどうしたら……」

　命が助かり大喜びしたシリカだが、パレスサイド領の状況は何も変わっていないことに気付き、途方にくれてしまう。

　そんな時だ。リゼが優しく肩を叩《たた》き、凛《りん》とした声で宣言した。

「安心しろ、シリカ。――クラーケンの群れは必ず俺が何とかしてみせる。領民たちに対するお前の愛に応えようじゃないか」

「な、なんとかするって、ええっ!?」

――そもそも領民たちへの愛なんてまぁぁぁぁぁぁったくないんですけどぉぉおおッ!?

そんな言葉をグッと呑み込み、海に向かっていくリゼを、彼女は呆然《ぼうぜん》と見送るのだった。

◆◇◆

それから数日後——荒《すさ》みきっていた水上都市の雰囲気は、見事に変わっていた。

陽光の反射する水の中には何匹もの魚が泳ぎ回り、市場には新鮮な魚介類が山ほど並び、客引きたちの元気な声が街中をにぎわせていた。

そんな街の中を、シリカ・パレスサイドは夢でも見ているかのような表情で歩く。

「すごい、これがリゼくんの力……」

そう——全ては、リゼ・ベイバロンという男のおかげだった。彼は宣言した通り、クラーケンたちを見事に屈服させてしまったのだ。小舟に乗って海に向かって行ってしまったため、どのように戦ったのかは不明だが、きっとすさまじい激戦があったのだろうとシリカは予想する。

さらには彼の奇跡のような回復魔法の力により、激減していた魚の数も元に戻り……というか元に戻るのを通り越して恐ろしいほど激増し、パレスサイド領は飢饉《ききん》を乗り越えたのだった。

ああ、まさにリゼこそ海の向こうからやってきた救世主だ。貴族らしく傲慢で自己中心的な性格のシリカだが、領地を見事に復活させてくれたことに対しては、本当に頭が上がらない。彼に対しては心から感謝するばかりである。

……ただし、一つだけ不満もあったりするが。

それは――、

「――ああっ、見てみろッ！　リゼ様だ！　リゼ様が巨大クラーケンに乗って現れたぞーッ！　百メートルのクラーケンを手下にするなんてすごすぎるぜぇッ！」

「すごいよなぁリゼ様は！　あのクラーケンの群れを全部退治した上、なんでも言うことを聞くペットとして調教しちゃうなんてッ！　オレたちの言うことも聞くようにしてくれて、『労働力として使ってくれ』ってタダでプレゼントしてくれるしさーッ！」

「リゼ様ーッ！　アナタ様が考案した『クラーケンに乗っていく水上散歩』、観光客に大ヒットですよー！　おかげで稼がせてもらってますぅううううう！」

ワーワーとリゼに手を振る住民たちの姿に、シリカは堪《たま》らず泣きそうになった。

そう、リゼ・ベイバロンは領地の危機を救ったことで、『英雄』としてシリカを圧倒的に上回るほどの人気を勝ち取ったのである！

さらには領民たちから「あぁーあ、リゼ様に比べてシリカ様って何もしてないよな～」と陰口を叩かれる始末。追い詰められてトチ狂っているときに思いついた例のクラーケン追い出し作戦は未遂に終わり、実際何もしてないことになってしまったのだからぐうの音も出ない。

そんな現状を思うと、シリカは涙が止まらなかった。

「うっ、うえええええええええええええええええんッ！　あだじもいつか人気者になってやるんだからぁぁぁああああああああぁッ！」

そう叫びながら、シリカは駆け出した――！

彼女は領主邸に戻ると『パレスサイド領の全権をリゼくんに渡して旅に出ます。さがさないでください』と書き置きをし、ひとり小舟で他国に旅立っていったのだった。

「こうなったら善行の旅よ……！　あたしもリゼくんみたいにとんでもないトラブルをサクッと解決して、みんなにチヤホヤされてやるぅうううううううッ！」

わんわんと泣きながら当てもない旅に出るシリカ・パレスサイド（※二十九歳・独身。サイフ持ち忘れた）。

そもそも自治領のとんでもないトラブルを解決できなかったから居心地の悪い思いをしているのだが、もはや彼女は止まらない。

……かくしてシリカはまたしても追い詰められてトチ狂い、アホな行動に出たのだった。
全ては英雄リゼに追い付くために——彼女の旅が始まるッ！

なお、

「——民衆よッ！　クラーケンは俺との戦いを通して心を改め、人間の味方となったッ！　これからも何かあったら俺のことを呼べ！　このリゼ・ベイバロンが力になろう！（あ〜〜〜〜〜〜〜〜一時はどうなるかと思ったぜ。まさか俺が量産しまくったクラーケンのせいでこの領地が大変なことになってたなんてな〜予想外ですわ〜）」

そもそも、全ての原因はキリッとした顔でカッコいいことを言っているこの男であるッ！

相も変わらずコイツが考えなしに行動したことで、パレスサイド領の危機や拉致事件は発生したのだった。
それをリゼ自身が解決して褒められまくっているのだから、まさに地獄である。マッチポンプ以外の何物でもない。

「『リゼ様バンザァァァァァイッ！』」

「ありがとうッ！　みんなありがとう！　（はぁ～しまったしまった～……）」

巨大クラーケン（※脳をいじって洗脳済み）に乗って水上パレードをしながら、己《おの》が失態を反省するリゼ。

流石《さすが》の彼も、今回ばかりは申し訳ない気持ちになるのだったが――、

「これからも、平和な未来を目指していこうッ！　（――まっ、いっかッ！　最終的にみんな笑顔でハッピーな結末になったしなッ！　真実を告白してみんなの笑顔を壊しちゃうほうが悪だと思うから正義の味方のリゼくんはこのまま黙って褒められておくぜッ！ヤッホォオオオオオオオオオオオオッ！！！）」


申し訳ない気持ち、一秒で霧散ッ！

……こうしてシリカ・パレスサイドを圧倒的に上回る自己保身と自己弁護のバケモノは、キリッとした顔で気持ちよく称賛を浴び続けるのだった。クズである。

第二十三話　パーティーを荒らそう！

「――きっ……きききっ、来たぁぁぁぁぁあああああッッッ！！！」


パレスサイド領を救ってから数日後。海が見えるようになった素敵な領主邸の一室にて、俺は一通の手紙を手にガッツポーズした！

なんと最悪の領地・ベイバロンの領主として貴族社会からハブられてた可哀想《かわいそう》な俺に、『パーティー』のお誘いが来たのだ！！！

誘ってくれたのは、前に廃鉱山に遊びに行った隣の領地の子爵『スネイル・ジャンゴ』くんだ！　ありがとーありがとー！！！

「ふふふ……ついに俺の頑張りが認められてきたってことか……！」

やっぱアレかなぁ。最近は元・ボンクレー領の街のほうに観光客がいっぱい来てくれてるからかな？

俺が作物や家畜を量産しまくったおかげで、食料品が異常に安く買える場所として有名になってきてるらしい。まあ、本拠地であるベイバロンの街のほうには相変わらず誰も来てくれないんだけどさ。ちぇっ。

まぁいいや！　パーティーで目立ってたくさんお友達を作って、俺の人柄の良さとベイバロン領の魅力をいっぱい伝えよう！

頭おかしい奴《やつ》らはちょいちょいいるけど、緑豊かで海まである素晴らしい場所だってことを教えてやるんだ！

そんな想《おも》いを胸に手紙を読み進めていくと、パートナーや知り合いの同伴も許可と書いてあった。

「うーん、知り合いはともかくパートナーかぁ。俺……恋人とか許嫁《いいなずけ》なんていないんだけど、でも一人で行って馬鹿にされたくないしなぁ～……」

手紙を手に思い悩む。

どうせベイバロン領以外の貴族たちはモテモテだろうから、恋人の十人くらい侍《はべ》らせてるだろ。そこにぼっちで行ったらまーたハブられること確定だ。

よし、ここは見栄えだけはいい『あの二人』を連れて行こう！　知り合いには俺のケツを持ってくれている『あの人』を誘ってみようかな！

ドレスのほうも、王族と揉《も》めて追放されてきた高級服職人さんに作ってもらおう！　全部の指を切断されて廃人になってたところを治してやったら、死ぬほど感謝されたからなぁ。きっと気合を入れて作ってくれるだろ！

よーし、ベイバロン領の平和な発展を目指して頑張ろう！　えいえいおーッ！

◆◇◆

「――フフフ……なぁ諸君、ベイバロン領の跡取り息子は本当に来るだろうか？」

「一応、出席の予定にはなっているそうですよ。ああそうだ！　彼がどれだけ安物のスーツを着てくるか、みなさんで予想してみませんか!?」

「うふふ、どうせ許嫁もいなければ恋人もいないんでしょうね。急場しのぎでどんなブサイクを引き連れてくるか楽しみですわ」


……月明かりに照らされた夜の大庭園に、幾人もの正装の貴族たちが集まっていた。

だが優雅さなど見栄えだけだ。テーブルに並べられた酒や料理を楽しみながら、彼らは一人の男が到着するのを嘲りに満ちた笑みで待ち構えていた。


――そう。これは最悪の領地・ベイバロン領の主君を馬鹿にするためだけに開かれた、世にも醜悪な大宴会であったのだ。

グラスを弄びながら、今か今かと彼らは待ち続ける。『リゼ・ベイバロン』という生贄《いけにえ》の豚が、どんな面白い醜態を見せてくれるのかを。


「――おっとみなさん、趣味の悪い予想はしないようにしましょう。リゼくんが可哀想じゃぁありませんか」


リゼへの悪口で場が温まってきていたその時、真っ赤なスーツの男が貴族たちを諫《いさ》めた。

だが彼らは気分を悪くするどころか、愉快げに笑ってその男を見る。

「おやおや、これはスネイル子爵！　このパーティーの主催者殿が何を言いますかっ！」

「ははは！　おっと、そういえばこんな悪趣味なパーティーを開いたのは私でしたなぁ！」

いかにもわざとらしい口調でふざけるスネイルに、貴族たちはドッと笑うのだった。

彼こそがこの地の領主にして、悪辣なパーティーを開いた張本人『スネイル・ジャンゴ』である。

彼はグラスを高らかに掲げ、キザな笑みを浮かべて言い放つ。

「さぁさぁみなさん、そろそろリゼくんが到着する時間です。可哀想な彼に見せてあげましょう……本当の貴族たちの『美しさ』と、圧倒的な『格』の違いというものを――ッ！」

スネイルがそう言った瞬間――庭園の扉が押し開かれた。

貴族たちは「ついに来たッ！」と期待に胸を膨らませ、嘲りの笑みを浮かべながらそちらを見る。

そして――、

「――ふむ、どうやら俺たちが最後だったらしいな」

そして……貴族たちは、真の『美しさ』と『格』の違いというものを叩《たた》き付けられるのだった――ッ！

「なっ、彼が……リゼ・ベイバロン……？　あの卑しいベイバロン領の、跡取りだと……？」

――どうせ平民まがいの猿みたいな容姿に決まっている。そんな貴族たちの予想は、一瞬にして吹き飛ばされた。

例えるならば漆黒の華だ。感情を感じさせないリゼの鋭い瞳に見られた瞬間、貴族の男たちはウッと息詰まり、女たちは未知の感覚に背筋が震えた。

さらに彼が纏《まと》っているスーツの出来栄えも素晴らしい……いや、あまりにも素晴らしすぎる！

黒を基調としたシンプルなデザインだというのに、その材質や細かな意匠は王族のパーティーに出ても失礼ではないほどに完成され尽くしていたッ！

むしろ一部の貴族たちは、異国の王子でも入ってきたのかと一瞬思いこんでしまったくらいだ。

それほどまでに、正装したリゼの姿は圧倒的なオーラを放っていた。


……さらに注目を集めたのは、彼の両脇にいる二人の女性たちである。


「――リゼ様のパートナー、アリシアです。今はまだ平民の身ですが、どうかみなさまお見知りおきを」

「――同じくリゼ殿のパートナー、イリーナだ。……リゼ殿以外の貴族どもが、いやらしい目で私を見るな」

彼女たちの姿に貴族たちはまたも驚愕《きようがく》した。

一体どんな不細工を連れてくるのかと思いきや、そのどちらもが見たこともないほど美しい容姿をしていたのだから。

例えるならば、月の女神と太陽の女神か。

デザインの似た白いドレスを纏っていながらも、二人への印象は対照的だった。

銀色の髪にふわりとした笑みを浮かべたアリシアを前に、全ての男は恋に堕《お》ち――金色の髪に不機嫌そうな顔をしているイリーナを前に、全ての男は跪《ひざまず》きたくなった。

パートナーを二人も連れてくるなど常識外れだとか、そもそも平民と獣人を連れてくるなどありえないだとか、そんな不満すらも口から出ない。

女神たちが放つ残酷なまでの美しさに圧倒され、誰もが完全に言葉をなくしていた。

「えっ、えぇぇぇえぇぇぇぇぇ、えーーーーーーっ……!?」

……困惑している貴族たちの中でも、このパーティーの主催者であるスネイルの動揺は特に大きかった。

リゼとその同伴者たちを盛大に馬鹿にしてやろうと思いきや、彼らが登場した瞬間に場の空気が全て持っていかれてしまったのである。

リゼの容姿も、スーツの出来栄えも、パートナーたちの美しさも、全てが別次元だった。

罵倒したくて堪《たま》らないというのに、彼らの前に立つだけで、自分が虫けらに見えてしまうようで恐ろしかった。


そんなスネイルの思いなど知らず、リゼ・ベイバロンはずけずけと近づいてきて、無表情で挨拶してくる。

「貴殿がスネイル子爵か。俺がリゼ・ベイバロンだ。パーティーのお誘い、感謝するぞ」

「ッ!?」

リゼの口調に、スネイルのこめかみに青筋が走った。

彼は男爵の身でありながら、その上の位であるスネイルに『タメ口』で話しかけてきたのだから……ッ！

「ぉ、おまっ、お前、リゼ男爵ッ！　子爵である私に対し、その偉そうな口調はなんだッ!?　私のほうが格上なのだぞッ！」

「むっ？……ああ、そういえば男爵よりも子爵のほうが偉いんだったか。いやすまない、長らく貴族社会から仲間外れにされていたのでなぁ。名前的に、子爵よりも男爵のほうが偉そうだと思ってしまったよ」

「なにぃぃッ!?」

――そんな子供みたいな理由で、男爵と子爵の偉さを間違える馬鹿がいるわけがないッ！

あまりにも挑発的な皮肉を言ってくるリゼに、スネイルは激怒した。

そして……それと同時に理解する。リゼ・ベイバロンという男は、このパーティーの趣旨を理解しながらやってきたのだと。

「くっ……生意気な男めッ！　逆に我々に『格』の違いを見せてやろうと思い、そんなスーツや女たちまで用意してきたというわけかッ！　自分のほうが上だとわからせようとッ！」

「は？　何を言ってるんだ、スネイル子爵？　子爵殿のほうが格上なんじゃなかったのか？　自分で言ったことを忘れてしまうとは、どうやら子爵殿は疲れているようだ」

「きっ──貴様ァァァァアアアアッッッ！！！」

悪びれもなく皮肉を言い続けるリゼを前に、ついにスネイルの怒りが爆発したッ！

彼は手のひらに『炎』を出現させ、リゼに向かって投げつけんとする──！

だが、しかし。

「──そこまでだ、スネイル」

獣じみた重低音の声と共に、スネイルの肩に手が置かれた。

彼が血走った目で後ろを振り向くと……、

「誰だ貴様はッ……って、な、ななっ、ホーエンハイム公爵どのォオオオオッ！！？」

「うむ、我輩だ！」

その偉丈夫の姿を見た瞬間、スネイルをはじめとした貴族たちが一斉に震え上がった
――ッ！


彼こそはこの地方の大領主、ホーエンハイム公爵である。魔法がほとんど使えない身であれど、その権力は絶対的なものだ。

なぜなら『公爵』とは貴族社会の最高位。王族の分家だけが引き継ぐことを許されるクラスであるのだから。

「……なぁおいスネイルよ。いくら口論が熱くなり過ぎたからといって、宴会の場で人に向かって魔法を放とうとするとは何事だッ！　下手をすれば投獄すらもあり得る不祥事だぞ！」

「も、申し訳ありませんッ！　申し訳ありませんッッッ！　今のはほんの戯れだったのですッッッ！！！」

もはや怒りもプライドも忘れ、スネイルは必死で頭を下げた。

いかに陰では馬鹿にしている存在であろうが、口ごたえでもして無礼と判断されようものなら、『死罪』にだってされかねないほどの相手なのだ。

そんな男に対し、スネイルは震えながら問いかける。

「あ、あのあのあのっ、どうしてホーエンハイム殿が、こんな、その、ショボい夜会においでになっているのです……っ？」

「ああ、リゼの奴《やつ》に知り合いの枠で呼ばれてなぁ。こやつとは少し前から関係を深くしているのだ。なぁ、我が愛《いと》しき盟友よ？」

「ええ、ホーエンハイム殿にはお世話になりっぱなしですよ。以前は優秀な文官を派遣していただきありがとうございました」

「ワハハハハッ！　なぁに、お前のケツは我輩のモノだッ！」

……大公爵と親しげに話すリゼを前に、スネイルと取り巻きの貴族たちは押し黙るしかなかった。

もはやリゼを馬鹿にしようとする気など絶無だ。見栄えでも、女でも、交友関係でも、圧倒的な格差を見せつけられてしまったのだから。

沈黙している彼らをよそに、リゼとその同伴者たちだけは上機嫌にグラスを掲げる。

「さぁみなさん、今宵《こよい》は食べて飲んで騒ぎましょう。俺とみなさんの出会いを祝って、乾杯ーッ！」

『かっ、乾杯――――――ッッッ！！！』

主催者であるスネイルを差し置き、底辺領主のリゼに合わせてグラスを掲げる貴族たち。

そのことに文句を言える者など一人もいなかった。この場の支配者は誰なのか、もはや完全に格付けが出来てしまっているのだから。

「ほぉらみんな、飲んだ飲んだーッ！　忘れられない夜にしようじゃないかッ！　はっはっはっはっはッ！！！」

――こうして、邪悪なる貴族たちの心を無自覚に粉砕しながら、リゼたちはパーティーを盛大に楽しむのだった……！

「――しかしイリーナ。〝リゼ殿以外の貴族どもが、いやらしい目で私を見るな〞と言っていたが、つまり俺ならお前をいやらしい目で見てもいいってことか？」

「なっ!?　そそっ、それはだなぁリゼ殿！　言葉の綾《あや》というヤツで……！」

「うふふふふふ！　ちなみにリゼ様、アリシアのことならいつでもいやらしい目で見てオッケーですよ～!?」

「言われなくてもお前は魅力的だよ」

「ってふぁああぁッ!?　リ、リゼ様～～～～～ッ♡」

月明かりの照らす大庭園にて、俺たちはパーティーを楽しんでいた。

といっても他の貴族連中はどうにもテンションが低いんだよなぁ。ベイバロンの領民たちと宴会をやる時には、みんなで朝までどんちゃん騒ぎだってのにさぁ。

ま、とにかく俺のやることは変わらないな！　ここで友達をたくさん作って、ベイバロン領の良さを広めてやるぜッ！

というわけでアリシアとイリーナをガッツリと抱き寄せながら、主催者のスネイルくんに近づいていきましょうー！

「スネイル子爵」

「っ!?　こ、これはリゼ男爵と…………平民と汚らしい獣人の…………ああ、いや、パートナーがたではありませんか！　いったい私に何用ですかな……？」

あれ、普通に話しかけただけなのになんかプルプルしてるんですけど。

うーん、さっきも「子爵のほうが格上だ！」って言った直後に「格の違いを見せつけようとしてるのかー!?」とか意味わからんこと言ってきたし、やっぱり気分が悪いのかな？

「いやなに、仲良く談笑でもしようと思って来たのだが……やはり子爵は疲れているように見えるな。もう帰ったらどうだ？」

「なぁッ!?　き、貴様っ、この場を完全に乗っ取るつもりか!?　これは私が開いたパーティーだぞッ！」

は？　何言ってんだこの人？　主催者が子爵だってことくらいは別に知ってるんですけど。リゼくん舐《な》めんな。

おいおい何だよコイツ……俺がせっかく体調を気遣ってやったのに、なんで突然ブチキレてくるんだよ。友好って言葉を知らないのかな？

――あっ、もしかして俺が『子爵』と『男爵』の偉さを間違えちゃったことをまだ根に持ってるのかな!?

うわぁ……器ちっちぇえなぁ。でも俺は大人だから重ねて謝ってあげますかぁ。

「ふむ、もしも爵位の件について怒っているのなら謝ろう。

まぁあれだ。男爵と伯爵の偉さを間違うような者はいないが、男爵と子爵だったらどちらが偉いか迷ってしまう者もいるだろう?」

「そっ――そんな間違いをするのは無知な平民のガキくらいだァァアアッ!!! 貴様わざと言っているだろうッ!?」

はぁぁぁぁああッ!? 俺普通に間違えちゃってたんですけどッ!? それを無知な平民のガキ扱いしてくるとか酷《ひど》くないッ!? こいつ礼儀ってもんを知らねぇのかよッ! ばーかばーかッ!

うわぁ~なんだよこいつ~。スネイルくんも昔ぶっ殺したジャイコフくんと同じく、頭おかしい系の貴族なのかよ~うぇ~。異常者に絡まれるのはもううんざりだぜ!

〝どうしよう、こいつやべー奴なんですけど?〟って顔でアリシアとイリーナのほうを見ると、二人とも何やら愉快そうにクスクスと笑っていた。可愛《かわい》い。

残念だけど顔は綺麗《きれい》な二人の笑顔にほっこりとしていると、スネイルくんがさらにブチキレてくる。

「え、えぇぃ女どもッ！　私を笑うなっ！　わっ、我が領には最強のモンスターである『ドラゴン』を飼っているのだぞッ!?　あまり馬鹿にすると食わせるぞッ！」

「俺も飼ってるぞ」

「って平気で嘘《うそ》を吐《つ》くなッ!?」

ええー……嘘じゃないんですけど。本当に失礼な奴だなぁ。

ていうかスネイルくんが飼ってるドラゴンってのは、あの廃鉱山にいたアイツのことかな？

それなら俺がぶっ殺しちゃったんですけど……ってうわぁどうしようッ!?　俺、人のペットを殺しちゃってたよ！　放し飼いに見えたから野良ドラゴンだと思ってたよ！　スネイルくんごめんなさい！

「……スネイル子爵、そのドラゴンというのは貴殿に懐いているのか？」

「あ、当たり前だっ！　先代の領主がアレと契約をし、この地を守ってくれているのだ！」

へーそうだったんだ！　廃鉱山のある近隣の村にちらっと立ち寄ったら、「ドラゴンの生贄《いけにえ》は嫌だ、生贄は嫌だ……！」って言ってた人がいたから、逆に領地を支配されちゃってたのかと思ったよ！

そっかそっか、あのドラゴンはスネイルくんに懐いてたのかぁ。それは可哀想《かわいそう》なことをしちゃったなぁ。

──よしわかった！　じゃあ今度、元々のドラゴンよりもさらに大きいのを作ってこっそり返しておこっと！

そしたらスネイルくん、「わぁっ！　ペットのドラ太郎が急に大きくなっちゃったぞ～!?」って大声を上げて喜んでくれるだろうなぁッ！　それで機嫌もよくなって、ゴミみたいな性格も少しはよくなるかもしれない！　おいおい俺ってば頭よすぎかよ！

「……非礼を詫《わ》びよう、スネイル子爵。隣の領地に住む者同士、貴殿とは仲良くしたいものだ」

「むっ……ふ、ふふふ……！　おやおやリゼ男爵、ドラゴンの話をされるや急に大人しくなったじゃぁありませぬか！

まぁわかればいいのですよ、わかれば！　これからはきちんと私の偉大さを理解し、恩を売るように努めなさい」

「わかった。……ところで俺に魔法をぶつけようとした件だが、ホーエンハイム公爵の署名を持って高等法院に訴えれば、貴殿を重罪に追い込むことも出来るらしいな？　まぁ、俺は優しいから許してやろう。──ほら、恩を売ってやったぞ？　よかったなぁ？」

「貴様ああああああああああああああああああッッッ！！！？」

ってうわぁまたまた怒った!?　あっ……そしてそのままぶっ倒れたッ！

「しっ、子爵様が倒れたぞー！」

「医務室にお運びしろ！」

「頭の血管が切れてるかもしれない！　慎重に運べっ！」

……大慌てする使用人たちに抱えられ、パーティー会場から消えていくスネイル子爵。スーツと同じく神経質そうな顔面も真っ赤になっていて、なんかこの前釣ったタコみたいになっていた。

うーん、恩を売れって言ってきたから盛大に売ってやったのになんで怒ってきたのかなぁ？　やっぱアイツ頭おかしいわ～。少しは常識的なリゼくんを見習おうね！

◆◇◆

「──ワ、ワハハハハハハハハハハハッッッ！！！」

スネイルが医務室に運ばれていく姿に、ホーエンハイム公爵は腹を抱えて大爆笑した

──！

あの男が陰で散々自分の悪口を言い散らかしていたことは知っているのだ。同情の余地などあるわけがない。

当初、スネイルが開くというパーティーにリゼから誘われた時には思い悩んだものだ。リゼとはいくらでも話していたいが、スネイルやその取り巻きたちとは顔を合わせたくもない。

それでも自分が行けば驚かせることくらいは出来るだろうと思い、ホーエンハイムは出席を決意したのである。

そして、いざ出向いてみれば──リゼ・ベイバロンという男は最高のショーを見せてくれたッ！

絶世の美を誇る平民と獣人を引き連れて貴族たちを圧倒し、鬼畜極まる皮肉と挑発のオンパレードでスネイルを憤死寸前にまで追いやってみせたのだ！

あそこまで的確に人を怒らせられる者など、天才的な策士か人間失格の鬼畜野郎くらいだろう。間違いなく前者だとホーエンハイムは確信している。

ああ、本当に胸がすくような思いだった。ホーエンハイム公爵は改めてリゼと盟友になれたことを喜ぶ。

「ははは……リゼよ！　ずいぶんとやってくれたなぁ！」

「ホーエンハイム公爵。いやぁ、彼は一体どうしたんでしょうね？　やはり体調が悪かったのかもしれません」

「ふははっ、まだ言うかこやつめ！……もしや、我輩の気をよくするためにしてくれたのか？」

「はて、なんのことやら」

あくまでも惚《とぼ》け続けるリゼに対し、ホーエンハイムの機嫌はよくなっていく一方だった。

決して誇るような真似《まね》はしないリゼの謙虚さが心地よい。ホーエンハイムは笑いながらグラスを掲げ、彼の前へと差し出す。

「お前に乾杯だ、リゼ・ベイバロン！　我輩はお前に会えて本当に良かった！」

「ありがとうございます、ホーエンハイム公爵。これからも『平和』を目指して頑張りましょう」

美しき夜の庭園に、グラスを鳴らし合う音がキィンと響く。

かくしてホーエンハイムは、どうすればいいのか分からずに右往左往するスネイルの取り巻きたちを肴《さかな》に、人生最高の美酒を楽しむのだった。

飲み干していくワインの色と同じく――貴族社会が真っ赤に染め上がるのを期待しながら……ッ!

第二十五話　毛玉に媚びよう！

「とほほ～……」


ベイバロン領の海岸で釣りをしながら、俺は悲嘆に暮れていた。

だってあれだぜ？　ベイバロン領の良さをたくさん伝えようと思いながらパーティーに出たのに、スネイル子爵の奴《やつ》が突然ぶっ倒れたせいでお開きになっちまったんだからよ。

俺の回復魔法で治してやろうと近づいてったら、老執事に「申し訳ありませんリゼ様ッ！　二度とこんな悪趣味なパーティーは開かぬよう旦那様に言い聞かせますっ！　ですからこれ以上はもう許してやってくださいッ！」とか意味わからんこと言われるし、他の貴族連中は逃げるようにして帰っていきやがったし、もう散々だったよ。

まぁアリシアとイリーナにホーエンハイム公爵なんかはすっげぇニコニコしてたから良しとするかぁ。

何気なく「もっと高い酒が飲みたいなぁ」って呟《つぶや》いたら老執事さんがスネイル秘蔵のワインを出してくれたから、四人で楽しく酒盛りしたしよ。

……ちなみに俺が酔い潰れてウトウトしてる間に、ホーエンハイム公爵、〝平民のために魔法がある〟と謳《うた》う『デミウルゴス教』にすっごい興味を持ったらしい。

獣人族の中でもそこそこのお嬢様だったっぽいイリーナとも話が合って、爆弾の作り方を教えてあげたんだとか。なんか知らないけどよかったね～。

俺と仲の良い人たちが仲良くなってくれたんなら、あのパーティーに出向いた価値があるってもんだ。

――あ、そうだ！


「……今度は逆に、俺がパーティーを開くのもいいなぁ！」


青い海に釣り糸を垂らしながら、俺はふと閃《ひらめ》いた！

そうだ、ベイバロン領の良さをわざわざ口で伝える必要なんてなかったんだ！　豊かになった今の領地をその目で見てもらえばよかったんだよッ！

ホーエンハイム公爵と連名で招待状を出せば、ほとんどの貴族たちは来てくれるだろう。

そうしてベイバロン領の大自然を実際に目の当たりにすれば、マイナスイメージが払拭されること間違いなしッ！　貴族を通して平民たちにも良さが伝わって、観光客がいっぱい来てくれるようになるはずだ！

よっしゃ、それならこうしちゃいられねぇッ！

俺の家をお城みたいに改造して、お客さんたちをビックリさせちゃいましょ～！　ちょうど『王城の隠し通路を増築させられたのに、最後には口封じに殺されかけて逃げてきた』っていう城職人さんがいるしね！

街の景観も王都に負けないくらい立派にして、ベイバロン領をこの国一番の名所に発展させてやるぞ！

よーし、それなら大量の木材が必要になるなぁ。

まぁとりあえず――木を一万本くらい生やしてみるか！

俺は木製の釣《つ》り竿《ざお》を地面に置き、その上に手を当てて回復魔法を発動させる。

「――構成物質、増殖・分裂・再生・拡散――ッ！！！」

かくして、木の釣り竿が跡形もなく砕け散り――ドドドドドドドドドドドドドッッッ！！！　という轟音《ごうおん》を立て、俺の目の前に『大樹海』が誕生したのだった……！

よし、俺の回復魔法もずいぶんと便利になったもんだなぁ！　植物の量産だったらこれくらい何の負担にもならねぇや！

――領民たちから『神の使徒』だとか崇《あが》められ始めてから、魔力の上昇が止まらないんだよなぁ……！

◆◇◆

「――はぁ、はぁ、おめぇら頑張れーっ！　もう少しで着くだぞぉ！」

「お、お頭ぁ、待ってくれだよぉ！」

ベイバロン領に続く丘の斜面を、毛玉のような容姿をした男たちが駆け上っていた。

彼らの名前は『ドワーフ族』。厚い脂肪と濃い体毛が特徴的な、亜人種族の一種である。

元々は遥《はる》か南の寒い地帯に住んでいたドワーフたちであったが――数十年前、人間たちによって国が襲撃され、彼らのような一部の者たちが奴隷として拉致されてしまったのだった。

「なぁお頭……本当に逃げてきちまってよかっただか？……それにベイバロン領といや、枯れ果てた最悪の領地として有名だのに……」

「うっせぇぞ！　何があったかは知らねぇが、スネイルの野郎がぶっ倒れて領地が混乱してる今しか逃げるチャンスはねぇだッ！……たとえ向かう先が地獄だろうが、クソ領主に虐げられる日々よりはマシだぁ……！」

懸命に丘を登りながら、ドワーフ族のリーダーである男は過去を振り返る。

……奴隷として連れられてきた彼らであったが、見た目に反して非常に優れた製鉄技術を持つことから、各所でそれなりに重宝されていた。

大鉱山のあるジャンゴ領でもドワーフたちは活躍し、当時の領主からも信頼を得ていた。

だがしかし――ジャンゴ領の鉱山が凶悪な『ドラゴン』によって支配され、領主がドラゴンと戦って死亡してからこのドワーフたちの運命は変わった。

鉄がほとんど取れなくなってしまった以上、ドワーフたちはただの無能な毛玉である。

新たなる領主・スネイルはそんな彼らを毛嫌いし、だからといって気まぐれなドラゴンが飛び去って行ってくれる可能性を思えば手放すことも出来なかったため、仕方なく飼い続けてきたのだった。

――無論、その扱いは最悪のものであったが。特にリーダーは何度もスネイルに文句を言い、身体《からだ》の半分以上を魔法の炎で炙《あぶ》られていた。

「チクショウッ、スネイルの奴め……いつかぶっ殺してやるだよ……ッ！」

「っ、ああ……そうだなお頭！　そのために、ベイバロン領で体力を付け直すだ！」

「みんな一緒なら、最悪の領地だろうが何とかなるっぺ！」

故郷の方言が混じった言葉で、互いを鼓舞し合うドワーフたち。

かくして彼らが、必死で丘を登り切った――その瞬間、

「――なっ……なんじゃこりゃぁぁぁぁあああああッ!?」


ドワーフたちの目の前に、見たこともないような『大都市』が姿を現したのだ――！

まるで貴族が住んでいるような巨大な館が何軒も存在し、その中心部には立派な城が高速で組み上がっている最中だった！

「えっ、えっ!?　なんだこれっ!?　なんだこれー!?」

「ま、真ん中の城、一秒ごとに出来上がっていってるんだけどどうなってんだかッ!?」

意味のわからない光景に混乱するドワーフたち。

枯れ果てた領地ベイバロンはどこに行ってしまったのか、数秒で一階ずつ積み上がっていくあの城はなんなのかと、頭が疑問符でいっぱいになる。

だが驚くのはまだ早い。そんな彼らのもとに、巨大なドラゴンに乗った細マッチョが舞い降りてきたのだから――ッ！


「よぉアンタたち、傷だらけだなぁ！　もしかしてどっかの領地から逃げてきたのかぁ？」

「あ、ああそうだっぺ……って、ええええええええええええ!?　なんでドラゴンがここにィイイイッ！！？」

「ああ、こいつはベイバロン領のペットだ」

「ペットッ!?」

漆黒の鱗《うろこ》を輝かせた竜を前に、ドワーフたちは震え上がる。

――間違いない。こいつは鉱山を占拠したドラゴンと同種のものだ！　ていうか見た目が怖いくらいにそっくりだ！

「ア、アンタ、早くそいつから降りるっぺッ！　そいつは危険な存在で……ッ！」

「大丈夫大丈夫、我らが領主様が脳みそいじってあるから平気だって！　もしものときは、牛肉叩《たた》き付ければ大人しくなるしな！

まぁそれよりも、アンタらも乗ってけよ！　街までひとっ飛びで連れて行ってやるからよォ！」

「え、えええええっ!?」

男に引っ張られ、ポイポイとドラゴンの頭上に乗せられていくドワーフたち。

抵抗しようとしても無駄だった。極限まで絞り上げられた鋼の筋肉の前には、ドワーフたちなど無力な毛玉でしかなかった。

「よし、全員乗ったな！　じゃあドラゴン、街に向かって飛んでくれ！」

「グガァァァアアアーッ！」

「……」

——竜の咆哮《ほうこう》を耳にしながら、ドワーフたちは完全に放心状態になっていた。

思考が現実に追い付かない。丘を登り、ベイバロン領に踏み入った瞬間から、全ての出来事がまるで嘘《うそ》のようだった。

「お……オラたちは、夢でも見てるんだかぁ……？」

「ああ……夢に決まってる、夢に決まってるっぺ！　なのに——なんでヒゲを撫《な》でる風の感触が、こんなに現実的なんだっぺかッ!?」

恐るべきドラゴンの背に乗せられて、気付けばドワーフたちは城の真上にまで来ていた。

呆然《ぼうぜん》と下を見てみれば、竜の操り手である男と同じくらいの細マッチョたちが、人間離れしたスピードで作業しているのがわかった。

「な、なんだぁアイツら……デカい石や木をお手玉みたいに持ち運んでるっぺ……ッ！

ありゃ絶対に人間じゃねぇッ！　オラたちいつの間にか、『神の国』にでも来ちまったんだか!?」

混乱のあまり、ドワーフの一人があり得もしない妄言を吐いた。

だがしかし――その言葉に、竜を操っている男が愉快げに呟《つぶや》く。

「ひっ……ひひ……！　あぁそうさ。オレたちはなぁ、『神の使徒』様が支配する領地に住んでんだよ……ッ！」

そうして振り向いた男の顔を見て、ドワーフたちの背筋が凍り付く。

男の口元には、正気を失った狂信者の笑みが張り付けられていたのだから――！

「ひぃッ!?　な、なんだぁおめぇはッ!?」

「――我らが領主様は、オレたち虐げられてきた者に全てを与えてくれたッ！　あらゆる病魔を消し飛ばし、無限の食糧を分け与え、恐るべきドラゴンすらも手懐《てなず》けてみせたのだッ！！！」

困惑するドワーフたちを無視し、彼は徐々にヒートアップしていく。

竜の背の上に危うげなく立ち、両手を広げて至福の笑みを浮かべる……！

「あのお方のおかげで、やせ衰えていたオレたち領民は鋼の肉体を手にすることが出来たッ！　平民の身でありながら魔法使いに立ち向かい、勝利を手に入れることが出来たッ！！！

あぁ、まさに至福の喜びよッ！　あの方のおかげで——『リゼ・ベイバロン』様のおかげで、我らは自信を摑《つか》むことが出来たのだァアアアア！！！」

完全なる異常者である。

涎《よだれ》を撒《ま》き散らしながら咆哮を上げる男の姿は、それ以外の何者でもなかった。

だが……ドワーフたちは不思議と目をそらすことが出来なかった。

男の輝く両目には、狂気と同時に確かな『希望』の光が宿っていたのだから。

ああ……もしもこの男の言葉通り、リゼ・ベイバロンという者が奇跡の存在であったなら、自分たちにも手を差し伸べてくれるだろうか？

「なぁ、おぬしよ……そのリゼという者は」

「リゼ様な。殺すぞ」

「ひっ!?——その、リゼ様とやらは……我らのような亜人種にも力を貸してくれるだろうか？」

「もちろんだとも」

恐る恐る問うドワーフに、細マッチョの男は力強く頷《うなず》いた。

一秒たりとも迷わずに答えた様子から、リゼに対する絶対的な信頼が見て取れた。

「リゼ様は慈悲深いお方だ。アンタたちのような逃亡者はもちろん、病気持ちの追放者だろうが優しく受け入れてくれる。

そう――あの人こそまさに正義の化身よッ！　あの人に従い続ければ、我らは永遠に間違うことはないのだッ！！！」

「お、おぉぉ……！」

力強く放たれた男の言葉に、ドワーフたちも淡い希望を抱き始める。

かくしてこの後、実際にドワーフたちはリゼ・ベイバロンに受け入れられ、火傷《やけど》まみれの身体を治してもらって感激することになるのだが――それゆえにまったく気付かない。

リゼという男が、正義感もクソもなく『優しくしてやるから言うこと聞けよなぁ～！』という浅すぎる理由の下に人を救っていることなんてッ！！！

こうして――思い付きで行動する考えなしの領主のところに、またもや思考停止した信者が追加されることになったのだった……！

まさに地獄である。

第二十六話 王族に媚びよう！

「――ついに出来たか、俺の城が……！」

『パーティーを開こう作戦』を思いついてから三日後。優秀な領民たちの手により、街の中心部には巨大な城が爆誕していた。

よし、これで貴族連中に舐《な》められることはないな！……なにしろ城職人さんにこう頼んじゃったもんね。

――〝俺の城は、この国の王城と同じデザインにしてくれ〟って！

はぁ～リゼくんってばマジで天才かよぉ！　この国のシンボルである王城と同じ見た目なら、馬鹿にされることは絶対にないもんなぁ！

それに頭をひねって外観を考える手間も省けたし、まさに良いことずくめだねッ！

ちなみに本物の王城のほうは『ソフィア教』のシンボルカラーである白で統一されてるんだけど、俺が建てた城は真逆の黒だッ！

ここでも天才デザイナーのリゼくんのセンスが光るぜ。

王城のデザインをトレースした上にいちばん位の低い黒で染め上げることで、王族たちに「俺、めちゃくちゃアナタたちのことをリスペクトしてるっス！　なんでも言うこと聞いちゃいますッ！」と忠誠心と腰の低さを表現しているのである！

う～ん、匠《たくみ》の心意気が感じられますねぇ～！　王族に気に入られること間違いなしッ！

――さらにさらに、メリットはもう一つあって……！

「リゼさまぁぁぁぁんッ！　『デミウルゴス教』のシンボルカラーである黒でお城を染め上げちゃうだなんて、なんてアナタは素敵な人なのでしょうッ！

このアリシアをはじめとした教徒一同、一生アナタについていきます！！！」

「「うぉおおおおおおッ！　リゼ様万歳ッッッ！！！」」

「フッ、気にするな」

そう――黒は『デミウルゴス教』のシンボルカラーでもあるのだッ！　おかげで民衆は大喜びだぜぇ！　いぇい！

まさに一石二鳥である。王城を丸パクって黒くすることで、王族たちは「おっ、リゼってやつめちゃくちゃオレたちのこと大好きじゃん。しかも最低の色で自分の家を染めるとかめっちゃ謙虚だわー！」と感動し、逆に黒が大好きな民衆はテンション爆上がりなんだからな！

はぁ～全方位に気が遣えちゃう自分の優しさが怖すぎる！　王族も民衆も一緒にハッピーにさせちゃうとか、まさにリゼくんこそ平和主義の体現者だねッ！　ナンバーワン愛国者として王様たちに呼び付けられて褒められるの、期待してますッ！

「――よし、民衆よッ！　今日は築城記念日だ！　朝まで潰れるほど飲むぞォオオオッ！！！」

「「「祭りだぁぁああああああああああ！！！」」」

城の出来にも満足したし、それからはもう民衆とドンチャン騒ぎだ！

最高級の家畜を最高の肉質の状態で量産しまくり、みんなで美味《おい》しく食べまくったッ！

あと一発芸として、噴水に酒を一滴たらして成分を『増殖』させまくり、水をぜーんぶ酒に変えてやったらみんな大騒ぎだ！　ふふふふ、民衆をビックリさせたくていっぱい練習した甲斐《かい》があったぜぇ！

「きっ、奇跡だぁぁぁあああ！！！　水が全部酒になったぞォオオオッ！！？」

「このまえは樹海なんて出してたし、もしかしてリゼさま天地創造できるんじゃねぇかッ!?」

「あああぁぁぁあああッ！　我らが主《あるじ》よ、一生ついていきますッッッ！！！」

はっはっはっはっ！　お酒を飲み放題にしてやったおかげでさらにテンション爆上がりだなッ！

俺もお前たちの（ちょっと頭のおかしそうな）笑顔が見られて嬉《うれ》しいぜっ！！！

「民衆よ、好きなだけ求めろッ！　俺が全てを与えてやろうッ！

肉も酒もパンも全部、溺れるくらいに用意してやるッ！　ゆえにお前たちは技術を磨き、このベイバロンに尽くし続けろォオオオッ！！！」

「「「ははぁぁぁぁぁあああああッ！！！」」」

〝なんでも頑張って用意するから、みんなもたくさん働いてねー！〟と場を締めたところで、パーティー再開だぁッ！

ふふふふふ！　楽しい飲み会で民衆ともーっと心を近くして、ベイバロン領を平和に導いていくぜーっ！

◆
◇
◆

──出来上がった『黒の王城』を見た瞬間、ベイバロンの民衆は思った。

〝ついにリゼ様は、王族たちに反逆の意を示すことを決意したか〟と──!


あまりにも大胆な喧嘩《けんか》の売り方に、民衆は戦慄する。

王城のデザインを完全にトレースした城を建て、それを白とは真逆の色で染め上げるなど、これ以上の挑発行為はないだろう。

しかも黒は、〝利己的な貴族たちの皆殺し〟を謳《うた》う『デミウルゴス教』のシンボルカラーであるのだ。教徒たちにとってはテンションが上がらないわけがない。

「へへっ……憎いことをしてくれるぜぇ、リゼ様よぉ……!」

「敵を最大限に侮辱しつつ、我らの士気を高めてくれるとは……ッ!」

「あの人はいつも、言葉ではなく行動で示してくれるッ!　〝俺と民衆の心は一つだ!共に乱世の幕を開けようッ!〟って言ってんのがよーく伝わってきたぜ!!!」

漆黒の王城を見上げながら、ベイバロンの者たちは胸を熱くした。

あんな城を建ててしまった以上、国がこの地を放置しておくわけがない。

いずれ話題は大陸中に広がり、全ての貴族たちから狙われることになるだろう。

だがしかし――負ける気なんて一切なかったッ！

「おっしゃ、これからも戦闘技術を磨きまくろうぜぇみんなッ！　リゼ様の魔法と、オレたちの鋼の肉体と、そしてなにより『爆弾』の力でッ！　この国を支配してやろうッ！！！」

「おうよっ！　そういえばこのまえ来たドワーフのおっさんたち、爆薬を使ってなんかすげー武器を作り始めたらしいから楽しみだなッ！」

この国が赤く燃え上がる瞬間を夢に見ながら、爽やかに笑い合うベイバロンの人々。


――こうして、民衆と心が離れまくってることに気付かないリゼのアホな行動により、『乱世』の幕は静かに上がろうとしていくのだった……ッ！

第二十七話　奇跡の誕生！

「――よーしお前たち、今日は引っ越しだ。その準備を手伝ってくれ」

「「「おー！」」」

城が完成してから一日。領主邸に仲の良い連中を集めて荷造りだ。

これを機にいらない物なんかを整理して、スッキリした気分で新生活を迎えようと思っている。


というわけで、さっそく作業を開始したんだが――、

「リゼ様リゼ様っ！　リゼ様の子供の頃の下着を見つけたのですが、もらってもよろしいでしょうかッ!?」

「ああ、別にいらないし好きにしてくれ」

「やったぁ！　このアリシア、一生の宝物として大切にしますね！　あっ、こちらの下着はご神体として飾っておいて、こっちは使用用にして～……！」

「使用用……？」

うーん、それ俺が子供の時のやつだぞ？　胸以外は小柄なアリシアでもたぶん穿《は》けないと思うんだが……まぁいいか。本人が幸せそうにしてるから良しとしよう。

「リゼ殿リゼ殿ッ！　引っ越しとなれば、食べ物などは邪魔になると思うのだがッ！」

「ああ……せっかくだから片付けちゃってくれ、イリーナ」

「うむっ！　獣人族の誇りにかけて食い尽くしてやろうッ！」

安っぽいな～獣人族の誇り！

あっ、食糧庫にはだいぶ古いやつもあるんだが……ってイリーナもう行っちまったよ。まぁいいか。

はぁまったく……アリシアの奴《やつ》は古着の海にダイブしてるし、イリーナの奴はしょっぱなから食糧庫に引きこもっちまったし、こいつら真面目に荷造りしてくれよ……！

フリーダムな女子たちにやれやれと思ってると、衛兵長のクラウスが近づいてくる。

「リゼさん、屋敷内の本や資料を全部まとめて持ってきました。一応ジャンル分けしておいたんで、引っ越しした時に並べ直しやすいと思いますよ」

「クラウス、やっぱりお前が一番だ」

「えッ!?　リ、リゼさん……っ!?」

いやーこいつを雇ってよかったよかった。

ノリは軽いけど真面目に仕事してくれるし、マジでいてくれて助かってるわー。男同士、これからもよろしくな？

──クラウスにそんな思いを伝えていると、メイドのベルが片付けてるほうから「ふしゅぅッ!?」という謎の鳴き声が聞こえてきた。なんかモンスターでもいたのかな？

「そ、そういえばリゼさん……本を整理していたら、こんなものを見つけたのですが……」

「おっ、これは……」

疲れたのか少し顔を赤くしているクラウスが、一枚の絵画を差し出してきた。正装の男女が描かれた古い品だ。

ああ、間違いない──こいつは俺の両親の人物画だな。

「懐かしいなぁ、亡き父と母の絵だ。たぶん、結婚した時のものだろう」

「やっぱりですか。本の間に適当に挟まってたんですが、女性のほうがずいぶんとリゼさんに似てらしたんで」

うむ、そのへんはお袋に感謝だな。親父《おやじ》のほうは冴《さ》えない顔してるからなぁ～。

なんというか、未来に絶望しきったベイバロン顔だ。無表情を通り越して今にも死にそうな顔をしてやがる。

……俺も思い切って領地改革に乗り出してなきゃ、きっとこんなツラになってたことだろうなぁ。

「……ずいぶんとお綺麗《きれい》な方だったんですね、リゼさんのお母様は。その……失礼ながら、ベイバロン領に嫁いでくる女性といったら、こう……」

「ああ。俺はまったく気にしてないんだが、平民と結婚して魔力が少ない子が生まれると不味《まず》いからな。昔から、不細工すぎて嫁ぎ先がなかったり、何かしら問題を起こして勘当された貴族の女性を、ベイバロンの領主は嫁として引き取ってたもんだ。

俺の母も、元々はどっかの伯爵家の娘だったんだが……まぁちょっとやらかしてしまってな。絵を見ればわかるだろ？」

「あぁ、はい、なんとなく察しております……」

そう言ってクラウスは――妙にポッコリとした母親のお腹《なか》部分を見る。

「――俺の母親は頭が残念な人でな……家から脱走して酒場で飲みまくってたところで、何でもネガティブに捉える性格のせいで絶望してヤケ酒してた父と知り合い……そのまま酔った勢いでだな……！」

「語らなくていいですっ、語らなくていいですリゼさん！！！　マジすみません、この絵は地中深くに封印しておきますんでッッッ！！！　リゼさんは処女受胎で生まれた子とかそんな風に思っておくんでッ！！！」

「ああ……もしも俺が死んで人物伝をまとめることになったら、なんかそんな感じの出生だったってことにしておいてくれ……」

「はいッ！　この命に替えましてもッ！！！」

よし、クラウスだったらきっちり仕事を果たしてくれるだろう。これでいつ死んでも大丈夫だな。
……親父にお袋、あの世で見ていてくれよ。
アンタたちの考えなしな行動で生まれた超有能な俺が、国家を平和に導く姿をなぁ
――――ッ！

第二十八話　侵してみよう！　人と魔性の境界線！

――月明かりすらも届かない夜の森の中、俺は大切な仲間に別れを告げようとしていた。

「じゃあな、ドラゴンッ！　大好きなスネイルくんのところに帰りなッ！」

「ガグゥウウウウウウウウウウッ！！！」

涙交じりの俺の言葉に、目の前の巨竜が唸《うな》り声を上げた。

そう、ついにスネイルくんにドラゴンを返してあげる日が来たのだ！

廃鉱山を支配していた黒竜が彼のペットだったとは知らず、うっかり爆殺しちゃったもんなぁ。

処女受胎で生まれた聖なる領主としてちゃんと責任は取ってあげなきゃ！　だから元のサイズよりもおっきいのを作って、スネイルくんを喜ばせてあげるんだッ！

――というわけで、竜の肉片に回復魔法をめちゃめちゃめちゃめちゃかけまくったら、体長三百メートルで全身真っ赤で血の涙を流す変なドラゴンが誕生した。

「ギギャブヒィイイイイイイイイッ！！！」

「どうどう」

うーわ、なんか変な鳴き声出し始めたんだけど。全身が心臓みたいに脈打ってるし、しかも流れ落ちた血を浴びた草から目玉やら牙やらが生え始めたしやっぱり変だ。

うーん……元の姿よりもずいぶんとやべー感じになっちゃったけど、レアモノっぽくなったしまぁいっか。

それにスネイルくん、ちょっとよくわからないセンスの真っ赤なスーツを着てたからね。お揃《そろ》いって感じでいいんじゃね？

「じゃあドラゴン、スネイルくんと仲良くできるな？」

「ギギャグルヒャァアアアアアアアアアアアッ！！！」

「ははっ、そりゃ安心だ」

何言ってんのかわからねぇや。頭おかしいんじゃねぇのこいつ？

まぁ、スネイルくんがペットだっつってたし大丈夫だろたぶん。たとえ大丈夫じゃなかったとしてもペットに出来るだけの実力があるんなら叩《たた》きのめせるだろうしな。ちょっと見た目やばくて頭おかしい感じになっちゃったけど、まぁ躾《しつ》けなおしてくださいってことでね！

うし、やることやったし帰って寝ますかぁ！ 良い事したし今日はいい夢見られそうだなーっと！

◆◇◆

「――全軍、ベイバロン領に向かって進撃せよォオオオオッ！！！」

『お、オオオオオーーーッ！』

夜の大草原にて、千人ほどの戦士たちが雄叫《おたけ》びを上げた。

だが、彼らの顔は困惑気味でいまいち覇気というものが感じられない。

「……その腑《ふ》抜《ぬ》けた声はなんなんですかねェッ!?　このスネイルの決定に何か異議でもッ!?」

「めっ、滅相もありません！！！」

ああ、戦意が足りないのも当然のこと。

彼らは昏睡《こんすい》状態から目覚めたスネイルに急遽《きゅうきょ》集められ、「隣の領地で虐殺の限りを尽くしてこい」という意味不明の命令を飛ばされたのだから。

野盗の群れを攻め滅ぼしてこいというならまだわかる。だが、スネイルが命じてきたのは大義も何もない残虐行為だ。しかも宣戦布告もなしに攻め込むなど、あまりにも外道すぎる。

そんな思いに悶々《もんもん》とする戦士たちに、真っ赤な鎧《よろい》を着込んだスネイルが吼《ほ》え叫ぶ。

「……あのリゼとかいう性根の腐りきった野郎のおかげで、私は頭の血管が切れて死にかけたのですよッ!?　どうにか無事だったからよかったものの、この恨みをそのままにしておけるものかッ！！！」

「ぉ、お言葉ながらスネイル子爵っ、それなら決闘で済ませばよろしいのでは……!?　ホーエンハイム公爵の許可もなく隣の領地を攻め滅ぼすなどしたら、いったいどんな制裁を受けるか――――ッ！」

「黙りなさいッッッ！　あの無能な公爵もリゼの味方だから問題なんですよォッ！」

血走った目で部下の言葉を撥《は》ね除《の》けるスネイル。

そう、公爵であるホーエンハイムがなぜかリゼと親密な仲だというのが問題であった。

スネイルは上位の炎魔法使いだ。少なくともこの国トップの実力者だと彼は自負している。それが〝お気に入りのリゼ〟に決闘を挑むとあらば、公爵は許可しない可能性が高い。

そう判断したがゆえ、スネイルはベイバロン領に夜襲をかけることを選んだのである。

（ククク ッ……すべてを焼き滅ぼした後に部下たちすらも皆殺しにしてしまえば、証拠は何も残らないッ！　いざとなればムカつくホーエンハイムすらも焼き殺してやるッ！）

……もはやスネイルの理性は吹き飛んでいた。底辺領主だと思っていたリゼに数々の言葉攻めを食らい、怒り狂った果てに血管が切れたスネイルの脳は、明らかに何かが壊れきっていた。

「殺してやる……殺してやるぞッ、リゼ・ベイバロンッ！！！　我が怒りの炎で焼き滅ぼしてやるぅウウウウウッッッ！！！」

全身から熱い魔力を吹き上げながら、スネイルが咆哮《ほうこう》を上げた――そのとき、

「――ギギャァアアアアアアアァァァアアアアアアアアアアアアアアアッッッ！！！」

スネイルの放つ熱気よりも何千倍も熱い炎が、周辺の部下たちを焼き払った――ッ！

「……え、えっ!?」

突然のことにスネイルは固まり、他の戦士たちも炎が降り注いできたほうを見上げる。

はたしてそこには……真紅の翼をはためかせた、灼熱《しやくねつ》のドラゴンが存在したのである
――！！！

「ひっ……ひぃいいいいいいいいいいいいッ!?　ドラゴンだぁッ！　ドラゴンが出たぞぉっ!?」

「そ、そんなぁっ!?　生贄《いけにえ》を捧《ささ》げてれば廃鉱山から出てこないんじゃなかったのかよぉ!?」

「しかも何だよアイツッ！　めちゃくちゃデカくなってるぞオオオオッ!?」

絶叫を上げて逃げ惑う戦士たち。剣も楯《たて》も放り投げ、早々に敵前逃亡を果たしていく。

ああ、それもそのはず。ジャンゴ領の人間たちにとって、ドラゴンという存在は領主よりも恐ろしき絶対の支配者なのだから。

「なっ、ま、待ちなさいッ!?　ベイバロン領への復讐《ふくしゅう》はどうするのですかッ!?」

「そんなもんアンタ一人でやってろォッ！」

領主であるスネイルを捨て置き、泣き叫びながら散り散りに逃げていく戦士たち。

だがしかし――彼らには、死ぬことよりも辛《つら》い運命が待ち受けていた。

「ギギィイイ……グガギャヒィイイイイイイイッ！！？」

ここで思わぬ事態が起きた。赤竜が絶叫を上げるや、突如としてその身体《からだ》が爆散したのだ！

脈打つ臓器が零《こぼ》れ落ち、おびただしい量の血の雨がスネイルや兵士たちに降り注いできた。

いきなりのことにわけもわからず、誰もが呆然《ぼうぜん》とした――その瞬間、

「あっ……あぎゃぁあああァァァアアアッ！！？　カラダがッ、カラダが熱いィイイイイッ！！？」

「アァァァァアアアアア頭が痛い痛いイタイィイイイイッ！！！」

彼らの身体に変化が起きた。

竜の血を浴びた全身の肌が鱗《うろこ》のように硬質化し、爪や牙が異常なほどに伸び、背中の皮膚を突き破って赤い翼が生えてきたのである――ッ！

かくして、その瞳までもが爬虫《はちゅう》類《るい》のように変質した瞬間……彼らの喉から、『人外』の咆哮が轟《とどろ》き渡った。

「ガァァァァアアアアアアアッ！！！　ニクッ、ニクゥウウウッ！！！」

「ハラ、ヘッタッ！　ニンゲン喰《く》ゥウウウウッ！！！！」

それはまさに地獄の光景だった。

数多《あまた》の人間の身体が瞬く間に変貌していき、人と竜を無理やり混ぜ合わせたような狂気

の化け物が誕生していくのである……！

次々と生まれていく『竜魔人』たちを前に、スネイルもまた変質の痛みに悶《もだ》え苦しんでいた。

「なっ、何が……ナニガ起きているんダァァァアアアッ！！？ ドウして、どうしてこんなことにィイイ……ッ!?」

徐々に人間ではなくなっていく未知の恐怖に怯《おび》えながら、スネイルは最後に思った。

ああ、もしも夜更けにこんな場所にいなかったら……ベイバロン領に攻め込まんとしていなかったら、あのおぞましいドラゴンとは会わなかったかもしれない。こんなことにはならなかったかもしれない。

（あの男を、パーティーに呼ばなければ……関わり合いにさえならなければぁあああああ……ッ！）

ちっぽけな嗜虐心《しぎゃくしん》を満たすために――『リゼ・ベイバロン』を馬鹿にしてやろうと思ったことを、スネイルは心から悔いるのだった。

第二十九話 スネイルくんを殺そう！

「——そういえばリゼさん。近ごろ一部の女性たちの間で妙な小説が流行《はや》ってるらしいですよ。

クールだけど民衆思いな美少年領主・ロゼに対して、護衛の男・クライスが禁断の恋をするとかいう内容で。そこでさらにヘーゼルハイム公爵ってキャラまでもが美少年領主を狙ってきて、男三人で泥沼の関係になるーみたいな」

「よくわからんけどやばいな」

「よくわからないけどやばいっすね」


回復魔法のかけすぎでちょっとよくわからないことになっちゃったドラゴンを放した次の日。俺はクラウスを護衛に付け、元・ボンクレー領の街のほうを視察していた。

有能領主として、民衆の暮らす様はよく知っておかなきゃな。〝人々に愛される貴族であれ〟ってホーエンハイム公爵も言ってたしね。

……それにしても、

「きゃっ、リゼ様とクラウス様よ！」

「ねぇねぇ、ビェル先生の恋愛小説に出てくるキャラのモチーフって……！」

「しっ！　それは言わない約束よ！」

何だか知らないけど、今日はやたらと女の子たちに注目されるなー！　はっはっは、いい気分だ！

「クラウス、せっかくだから街でメシでも食っていくか？」

「おっ、いいっすねー。あ、でも城のほうでメイドさんたちが用意してたりしないんですか？」

「ああ、今日はメイドたち全員に休みを出してるからな。たまにはみんなでどこかに出かけさせてやりたいし、特にメイド長のベルは最近忙しいらしくて寝不足みたいだったからな。

というわけで家に誰もいないし、なんなら今日は泊っていくか？　夕飯は俺が作ろう」

「おお、ぜひお願いします！　リゼさんのメシ美味《うま》いんすよねー！　毎日でも食べたくなるくらいに！」

クラウスとそんな会話をしていると、街の女性たちのテンションがなぜかさらに上がっていった。

うんうん、よくわからんけど元気なのはいいことだ。


ああ……今日もベイバロン領は平和だなぁ。

民衆は幸せそうだし、食糧は豊富だし、たまに風が運んでくる海の香りは心地いいしな。

本当に、昔に比べたらすごく豊かな土地になったよ。これからもこの地でみんなと一緒に仲良く暮らしていきたいなぁ。


気の合う仲間と街を歩きながら、俺がそう思っていた——その時、

「——だっ、誰か助けてくださぁいッ！　ジャンゴ領が……我々の領地がぁぁぁあッ！！！」


突如として、悲痛な叫びが響き渡った。

とっさに声のしたほうを見れば、ボロボロの馬車の側《そば》で数名の人が泣き崩れていた。

よほど飛ばしてきたのか、馬はぐったりとしていて動かなくなっていたほどだ。

明らかに観光客などではない……異常に気付いた俺とクラウスは、早足で彼らに近づいていく。

「お前たち、何があったんだ」

「あ、あんたは……？」

「この地の領主、リゼ・ベイバロンだ。……ジャンゴ領がどうだとか叫んでたが、よければ何があったか聞かせてくれないか？」

宥《なだ》めるようにそう問いかけると、彼らは大粒の涙を流しながらゆっくりと語っていった。

「じ、実は昨夜……我々の領地を、人とドラゴンを混ぜ合わせたような不気味なモンスターどもが襲撃してきたんです……！

しかも間の悪いことに、領主であるスネイル様は戦士団を連れてどこかに行っていて、我々一般の民衆はただ逃げ惑うしかなく……っ！！」

「そうか……そんなことがあったのか。それは大変だったな、よくここまで逃げてきた」

本当に命からがら逃げてきたのだろう。肩に手を置いてやると、語っていた者はさらに嗚咽《おえつ》を激しくさせた。

「そ、そして……聞いてください領主様ッ！　あの奇妙なモンスターに噛《か》まれた者もまた、身体がドラゴンのようになってしまうのですッ！

さらにモンスターの群れの中にはひときわデカいやつがいて、そいつの顔がス、ネ、イ、ル様そ、っ、く、り、で……ッ！」

「っ、なんだとッ!?」

信じられない情報の数々に俺は驚愕《きょうがく》した。

……人型のモンスターというだけならまだ驚きはしない。ゴブリンやトロールのような二足歩行のモンスターは少なくないからだ。

だが、噛まれた人間もまたモンスターになってしまうとはどういうことだ!? しかも、スネイルの顔にそっくりな奴《やつ》までいただと……ッ!?

――自然に生まれたとは思えない未確認のモンスター。

――そいつらが襲撃してくるタイミングで、なぜか戦える者たちを引き連れて街を出ていたスネイル。

――そして、スネイルとそっくりな顔をしたボスと思えるモンスターの存在。

それらの情報を前に、俺の（たぶん）ＩＱ２００の頭脳がたった一つの真実を導きだしていく！

そうか……そういうことだったのかッ！！　謎は全て解けたぜッ！

「あぁ、きっとスネイル様もモンスターに噛まれて……」

「――いいや、それは違うぞ。そもそもこの異変を巻き起こしたのは、スネイル本人なんだからなぁッ！」

「えッ!?」

俺の言葉に、ジャンゴ領から逃げてきた者たちは驚愕した。

まぁそれも無理はないか。普通だったら、領主が自分の土地を襲うなんて考えつかないことだからな。

だが、俺の明晰《めいせき》な頭脳はごまかせないぜ！

「落ち着いて聞け、ジャンゴ領の民衆よ。

……例の噛まれた者をドラゴン化させるモンスターどもだが、そいつらは間違いなく『造られた存在』だ。

よく考えてみろ。もしもそんなモンスターどもが自然にいたら、とっくに世界はそいつらに乗っ取られてるはずだろう？」

「たっ、確かにその通りだ……！　ですが、あんな存在を造るだなんて出来るのですか!?　足の速い馬や病気になりにくい麦を掛け合わせるのとはわけが違うッ！」

「ああ、ただの人間には不可能だろうな。だがしかし――超常の力である『魔法』を使える者が関与していたとしたら……？」

「ハッ！！？」

そこまで言ったところで、ようやく民衆は答えがわかったらしい。

そう——気付いてしまえば簡単なことだったんだ。

「そうか、そういうことだったのですな、領主殿ッ!? 魔法使いであるスネイル様は、世界を乗っ取れるモンスターを量産し……さらにそいつらを支配下に置くことで、実質的に世界の覇者となろうとしていたということかッ！

だからわざわざ戦士団を領地から引き離し、我々ジャンゴ領の民衆をモンスター化させやすくしたと——ッ！」

「その通りだ。そもそもそんな能力を持つモンスターどもが襲い掛かってくるタイミングで領地を離れているなんて、あまりにも露骨すぎるだろうが。

そうしてお前たちをモンスター化させて大軍団を作り上げ、世界征服のための足掛かりにするつもりだったのだろう」

「ぐぅッ……おのれ、スネイルめぇぇぇええッ！」

怒りの声を上げるジャンゴ領の生き残りたち。

ああ、俺も彼らと同じ気持ちだった。……いや、彼ら以上に心の中で怒り狂っていた——ッ！！！

「……スネイル……誇らしげに言ってたじゃないかよ。『私はドラゴンと仲良しなんだっ！』って……！」

だが、俺はスネイルの嘘《うそ》に気付いてしまった。

奴にとってドラゴンとは、世界を支配するために必要なただの実験動物だったのだ――ッ！！！

おそらくは自分を慕ってくれるドラゴンの気持ちを利用して、好きなだけ血肉を取っていたのだろう。

それを実験材料として、あの邪悪なる魔法使いはついに『竜化の薬』を作り上げたのだッ！！！

そして……その薬を服用したスネイルは竜の魔人となり、自分の民衆を次々とモンスター化させていき……チクショウがぁぁああああああああッ！！！

俺は手のひらの肉が抉《えぐ》れるほどに拳を握り固めると、傍らにいたクラウスに命令するッ！

「クラウスッ、今すぐに戦える者たちを集めろッ！　ジャンゴ領の者たちを救出するぞッ！」

「はッ！」

「そして——スネイルの顔をしたドラゴンを命懸けで捜し出せ。あの邪悪なる存在は、俺自身の手で断罪してやるッ！！！」

ああ、ここまで激怒したのは初めてだ……！　何としてでもスネイルの野郎を抹殺しなければ気が済まないッ！

自分を慕ってくれるドラゴンを利用し、民衆の幸福を奪い尽くし、欲望のままにこの世界を乗っ取ろうとしてるだなんて……アイツはもはや人間じゃねぇッ！！　生きてちゃいけないクソ野郎だ！　どんな手段を使ってでも駆逐してやるッ!!

「邪悪なる魔法使い、スネイルよ……お前の好きにはさせないぞッ！　この世界の平和は、リゼ・ベイバロンが守ってみせるッ！！！」

そんな俺の言葉に、ジャンゴ領の者たちは感動の涙を流すのだった——！

※なお、真犯人はコイツである。

第三十話　神話を作ろう！

「だっ、誰か助けてくれぇぇぇぇぇぇぇッ！！！」

「ガァァァアアアアアアッ！！！　ニクッ、ニクゥウウッ！！！」


――それはまさに地獄の光景だった。建物は焼け落ち、路上は血に塗《まみ》れ、廃墟《はいきょ》と化した街を人型のドラゴンどもが彷徨《さまよ》い歩いていた。

突如として襲来してきた『竜魔人』たちの暴虐により、ジャンゴ領の民衆はもはや全滅寸前だった。

生き残ったわずかな者たちは瓦礫《がれき》の隙間に身を竦《すく》め、ただひたすらに脅威が過ぎ去るのを待ちわびる。

「か、神様……ソフィア様、どうかお助けをォ……！」

「ちくしょう、どうしてこんなことに……！」

竜魔人どもの力は強大である。人を超えた筋力と常時回復魔法がかかっているような再生力を持ち、さらには噛んだ者を同族に変えてしまうという異能の前には、民衆は為《な》す術《すべ》がなかった。

……本来ならばこういった事態に陥った時、『魔法』という超常の力を持った領主が全てを解決する役目を担うのだが――、

「――ギギャグヒィイイイイイッ！！！　ゴロスゥウウウッ！！！　リエベェバォンゴロズゥゥウウッ！！！」

もはや、民衆に希望などなかった。なぜならジャンゴ領の主君であるスネイル本人が、体長三百メートルを超えるほどの『人面竜』となって竜魔人どもを率いていたのだから……ッ！

「神様ぁ……あぁ、神様ぁ……ッ！」

ああ……どうしてこんなことになってしまったのだろうか。人々は憐《あわ》れに泣き叫び、ただただ神に祈ることしか出来なかった。

だが――無慈悲なる神は一向に舞い降りる気配を見せず、数万体を超える魔の軍勢は次々と民衆を魔性に染め上げていった。

「ギギャァアアアッ！！！　ニンゲンッ、喰《く》ウッ！！！」

「ひぃいいっ!?　誰か、誰かぁぁああっ!?」

この世に神はいないのか。自分たちはこのままモンスターに変えられてしまうしかない

のか。

凄惨すぎる現実を前に、ジャンゴ領の人々が諦めかけていた――その時、

「――そこまでだッ！」


絶望と慟哭《どうこく》に支配された街に、凛《りん》とした声が響き渡った。

かくして異変は巻き起こる。突如として大地から数千本の大樹が生え、竜魔人の軍勢を吹き飛ばしていったのである――ッ！

「グギャヒィイイイッ！！？　イダィイイイイッ！！？」

「なっ、いったいこれは……何が起きたんだ……!?」

突然の現象に驚愕しながら、身を潜めていた人々は声のしたほうを見た。

はたしてそこには……鋭い瞳に怒りの炎を宿した、一人の男が立っていたのである。

「我が名はリゼ・ベイバロン。悪《あ》しき邪竜の軍勢よ……お前たちの暴虐は俺が食い止めるッ！」

リゼ・ベイバロン——彼がそう名乗った瞬間、竜魔人どもの気配が変わった。

けたたましい雄叫《おたけ》びを上げながら、一斉にリゼへと襲い掛かっていくッ！

だがしかし——彼が手をかざすや、地中からさらに大量の大樹が生えていき、スネイルを含めた数万体のモンスターどもを突き上げていった——ッ！

「アギャァァァアッ⁉」

「それ以上罪を重ねるな。——いま、俺が助けてやろう」

民衆が呆然《ぼうぜん》と見る中、さらなる奇跡は巻き起こる——！

その男から白き光が放たれると、周囲に転がって呻《うめ》いていた竜魔人たちの身体《からだ》が、徐々に人間へと戻っていったのである……！

さらに民衆は気付いた。必死で逃げ回って擦り傷にまみれていた自分たちの身体が、全快していることに。

中には竜魔人の吐く炎によって全身を炙《あぶ》られていた者すらも、リゼ・ベイバロンという男は一瞬にして治してみせたのである。

「い、いったい何なんだ、あの人は……⁉」

「竜魔人たちを人間に戻し、半死半生の者すら治しただと……っ⁉」

民衆は戦慄する。

それは明らかに、魔法の領域を超越した力だった。刹那の内に数百人の傷を癒し、魔性に侵された者すらも救ってみせるなど、まさに奇跡としか呼びようがないだろう……！

それほどの力を操る存在が助けに来てくれたという事実が、絶望に沈んでいた人々の心を揺れ動かした――！

「あっ、あぁぁああああぁッ！　リゼ・ベイバロン様ッ！　どうか我らをお救いくださいッ！」

「モンスターにされてしまった家族を、友人を、どうか助けてやってくださいッ！！！」

必死に叫ぶ民衆に、リゼ・ベイバロンという男もまた力強く頷《うなず》く。

「安心しろ。――邪悪なる魔法使い・スネイルが起こしてしまったこの事件、同じ貴族である俺が必ずや解決してみせるッ！

すべての人々に……幸福と平和を与えるためにッ！」

かくして、ここに『神話』は幕開けた。

数多《あまた》の魔物がどれだけリゼに襲い掛かろうが、その攻撃が通じることはなかった。

地中から伸びた大量の蔦《つた》がモンスターたちの四肢を締めあげ、一瞬にして拘束してしまうからだ。

そうしてリゼの放つ光に呑《の》まれ、人間の姿を取り戻していく。

「ぁ――ありがとう、ございます……ッ！　ありがとうございます……！」

「礼ならいいさ。――せっかく助かったその命、決して無駄にはするんじゃないぞ」

竜魔人どもの爪も、牙も、リゼの進撃を止められなかった。

彼が一歩を踏み出すたびに、魔に侵された魂が救われ、傷病者たちの痛みは消え去り、焼け焦げた大地は草木の生い茂る草原となっていた。

ああ、生命の奔流が止まらない。死の空気に満たされていたジャンゴ領の地が、瞬く間に蘇《よみがえ》っていく――！


「ありがとう、ありがとう……っ！」

「ありがとうございます……ッ！」

もはや悲鳴も慟哭もあらず。リゼが歩いた跡に残るのは、感激にむせび泣く人々の感謝の声だけだった。

ここに民衆は確信する。彼こそまさに、この世界の『救世主』だと――！


「よく聞くがいい、民衆よ！　お前たちをこんな目に遭わせたのは、力を求めて竜の血を取り込んだ大罪人、スネイル・ジャンゴという男だッ！　奴《やつ》はお前たちをモンスターに変えて支配し、この世界を乗っ取ろうとしていたのだッ！

これが許せるかッ!?　この悪逆をお前たちは許容できるか――ッ!?」

「「「許せないッ！　許せるわけがない！！！」」」

「ならば人々よ、涙を拭って立ち上がれッ！　怒りのままに声を上げろッ！　復讐《ふくしゅう》する権利がお前たちにはあるッ！」


リゼが拳を突き上げた瞬間、人々の身体に変異が起こった。

その全身が光に覆われ、爆発しそうなほどの力がみなぎっていったのだ――！

「う、うぉおおおおおおおッ!?　力が溢《あふ》れるぞォオオッ！！！」

「す、すげェッ！　これなら何でも出来そうな気がするぜぇえええ！！！」

数百倍の筋力を得た民衆の行動は、至ってシンプルだった。

彼らは巨大な瓦礫や家を持ち上げると、怒りと憎悪に満ちた瞳で、横たわっている《邪悪竜・スネイル》を睨《にら》みつける。

「お前のせいで俺たちは辛《つら》い目に……ッ！」

「殺してやる、絶対にブチ殺してやるぅうううううッ！！！」

激情の咆哮《ほうこう》と共に、民衆の攻撃は始まった――ッ！

瓦礫が、岩が、家が、木が、巨大な竜と化したスネイル目掛けて飛んでいくッ！　直撃するたびに激しい衝撃音が響き、スネイルの口から絶叫が響いた！

「グギャァアアアアアアアッ！！？　ギ、ギザマラァァアアッ!?」

「うるせぇ死ねぇ！　世界の平和はオレたちが守る！！！」

民衆に遠慮などない。

元よりスネイルは、廃鉱山を乗っ取ったドラゴンを鎮めるために人々を生贄《いけにえ》に捧《ささ》げていたのだ。積もり積もった憎しみは莫大《ばくだい》である。

さらに――そのドラゴンの力を取り込んで、世界を乗っ取らんとしていたらしいというなら、慈悲をかける必要など皆無だ。

民衆は怒りと憎悪と正義の心を熱く燃やし、邪竜に向かって家を投擲《とうてき》し続けたッ！

そんな彼らの反逆に、スネイルの中に残っていた自尊心が爆発した。

貴族に逆らう愚民どもを滅殺せんと、巨大な腕を人々に向かって振り上げる！　だがしかし――、

「させるものか――騎竜部隊、爆撃開始ッ！！！」

それを許すリゼではなかった。彼の命令に応え、天から降り注いできた無数の『何か』がスネイルの身体を吹き飛ばしたのだッ！

ドゴォオオオオオオオオッ！　という爆発音が街中に響き渡り、そのたびにスネイルは激痛に悶《もだ》えた。

「なっ……いったい、何が……⁉」

「空から何かが落ちてくるたび、スネイルのアホが爆発してやがるぞッ⁉」

「なんだよこれは⁉　なんかの魔法かぁッ⁉」

　突然の出来事に、思わず人々は空を見上げ——そして、驚愕《きょうがく》した。

　そこには、ジャンゴ領の空を埋め尽くすほどの黒竜の群れがいたのだから——ッ！

　しかもさらに驚くことに、ドラゴンたちの口には手綱付きの轡《くつわ》が嵌《は》められ、筋骨隆々とした人間たちが跨《また》がっていたのである！

「ななな なっ、なんだアイツらはぁぁああッ⁉」

「人間がドラゴンを従えてるだとぉ⁉」

　それはあり得ない光景だった。最強の種族であるドラゴンが人間などに従うわけがないのだ。

　だがしかし、突如として現れた軍団が竜を自在に操って空を駆けているのは事実だった。

　そうして上から一方的に、スネイルの巨体を爆撃していく——！

「ガギャァアアアァァアアアァッ！！？」

　突如として展開された蹂躙劇《じゆうりん》に、スネイルは為《な》す術《すべ》がなかった。

〝噛《か》み付くことで相手を同族に変えてしまう異能〟——常時回復魔法がかかった細胞を植

え付け、対象の肉体を乗っ取ってしまう力は、あくまでも接近戦でのみ有効となるものである。上空からの絨毯《じゆうたん》爆撃となればまるで意味がない。

上からは爆撃を受け、正面からは攻撃を再開した民衆に家をぶつけられ、スネイルの巨体は瞬く間に傷だらけになっていく。

「グギィイイイッ!? オノレェ、オノレェエエエッ！！！」

「どうだ、見たかスネイルよ！　これが本物の絆《きずな》の力だッ！」


まさに神話の一ページのような光景だった。

リゼ・ベイバロンという男の指揮の下に、人間とドラゴンの群れが力を合わせて邪悪なる魔竜を討たんとしているのである。

全員の瞳が正義の想《おも》いに輝いていた。リゼを筆頭に、〝スネイルは悪だ。自分たちは正義だ〟と迷いなく決めつけ――完全に状況に酔いしれていた。

「さぁ人々よ、魔竜を殺して世界を救えッ！　お前たちこそが英雄になるのだッ！！！」

『オォォオオオオオオオオオオオオッッッ！！！』

瞳を輝かせながら暴走する者たちを前に、わずかに残ったスネイルの自我が戦慄する。

〝こいつらは一体何なんだ!?　というか世界がどうたらと言ってるが、一体何のことなのだ――!?〟

スネイルはひどく混乱した。……当然である。彼はリゼに復讐しようとしていただけで、世界を乗っ取る気なんてこれっぽっちもなかったからだ。むしろベイバロン領から飛んできた謎のドラゴンに身体を侵された完全なる被害者である。

だがしかし、リゼの口車に乗せられた人々は、スネイルが世界を支配しようとしている邪悪な存在であると信じ込んでいた。そして何よりもリゼ本人が本気で信じきっていたのだからもはやどうしようもない。

かくして、リゼのせいで『世界を支配しようとしている大罪人』だと思われていることを感じ取ったスネイルは――心の底からブチ切れたッ！

「ギザマァアアアアアアアアアアッ！！！　リゼ・ベイバロンッッッ！！！」

爆撃の雨を無視し、家を投げつけてくる民衆を吹き飛ばしながら、スネイルは猛烈な勢いでリゼに迫っていくッ！

この鬼畜極まる男を殺さなければいけないッ！　ここでこいつを殺さなければ、間違いなく何か悪いことが起こるッ！

　そう確信めいた予感を胸に、ついにスネイルはリゼの眼前へと差し迫った！　大きく口を開け、莫大な熱量の炎をリゼに吐きかけんとする――ッ！

　だが、

「殺されてなるものか……この世界は、俺に平和にされることを願っている！！！」

〝願ってねぇよッ！〟と思ったスネイルの口の中に、リゼは肉片を投げつけた！

　それは一瞬にして数百頭の『牛』となり、スネイルの喉をふさぎきる！　放たれようとした炎が牛の群れによりせき止められ、スネイルの口内が爆発した！

「グゴォオオオオオオオオッ！！？」

「モォ～！」

　こんがりと焼けた牛を吐きながら悶絶《もんぜつ》するスネイルに、さらなる脅威が襲いかかる！

　リゼが地面へと両手を当てるや、地面から無数の木の根が生えてきてスネイルを突き刺していったのだ！　それらは生き物のように蠢《うごめ》きながら、急激な勢いでスネイルの生命力を吸い上げていった！

「ガギャァァアアアアアアアアッ！！！？」

「世界を支配しようとした罰だッ！　スネイルよ、朽ちず動かぬ存在となり、永遠にこの世界を見守るがいい――ッ！！！」

リゼの咆哮と共に、無数の木の根がスネイルの全身を覆い尽くした！

そしてそのままグングンと成長し、ついには無数の民家を吹き飛ばすほどの横幅と雲すらも突き破るほどの高さを誇る、樹高数千メートルの大樹になったのである——ッ！

莫大な再生力を持ったスネイル（とついでに牛）を取り込んだこの樹《き》は、きっと永遠に世界に存在し続けることだろう。

「すげぇ……スネイル子爵、木になっちまったよ……」

「馬鹿な奴だぜ……世界を支配しようとした当然の報いだな」

「まぁこれからは大人しくオレたちのことを見守っててくれや……ジャンゴ領の名前は、永遠に守っていくからよ！」

わずかばかりの感傷を胸に、大樹を見上げる民衆。

そんな彼らへと、リゼは静かに口を開いた。

「お前たち——ここに戦いは終結したッ！！！　だが、激戦の傷痕はあまりにも大きいッ！　あらゆる民家が崩れ去り、もはやこの街は壊滅状態だ！」

リゼの言葉に民衆は俯《うつむ》いた。

無事な家屋はほとんどなく、周囲は瓦礫《がれき》の山となり、すっかり変わり果ててしまった光景がそこにはあった。

——〝だがしかし〟と、リゼは落ち込む民衆に言い放つ。

「もう一度言うぞ、民衆よ！――涙を拭って立ち上がれッ！！！　どれだけ街が壊れようとも、お前たちが生きているだろう!?　だったら俯く必要なんてないッ！　みんなで力を合わせて、この街を立て直してやろうじゃないか！！！」

「リ、リゼ様……っ！」

「あぁ、リゼ様の言う通りだーッ！！！」

救世主の言葉に元気を取り戻すジャンゴ領の民衆。彼らは目元をこすると、晴れやかな笑顔で前を見た。

そんな人々の表情にリゼも満足げに頷《うなず》く。

「よし、お前たちにいい考えがあるぞッ！――大樹になったスネイルをくり貫いて、みんなで中に住もうじゃないか！！！

高さも幅も数千メートル以上ある、間違いなく世界一立派なツリーハウスだ！　たくさん部屋を作ってみんなで住めば絶対に楽しいぞ！！！」

『お、おぉおおおおおおおおおおおおおおおおッ!?』

それは確かに楽しそうだと民衆は笑った。

もはやその目に絶望はあらず。危機を退けた彼らの心は、夢と希望と――そしてリゼの〝疲労をポンと吹き飛ばす魔法〟によって発生した、脳を溶かすような多幸感に満ち溢れていたッ！

「よーしお前たち、さっそく作業開始だぁぁぁあああ！！！」

『おーーーーーーーーーーーーーッッッ！！！』

リゼと共に拳を振り上げる民衆。

そんな彼らに対し、大樹に取り込まれたスネイルが魂の叫びを張り上げた。

〝やっ、やめろお前たちッ!?　頼むから正気になれぇぇえええええええええ！！！〟

むろん、その叫びは誰にも届くことはなく……！

こうしてスネイルは、リゼに関わったおかげで竜になって樹になって『集合住宅』になるという、数奇すぎる運命を辿《たど》ることになったのだった……！

第三十一話 王様を呼びつけよう！

「――素晴らしいッ！　我が盟友よ、貴殿こそまさに救国の英雄だ！！！」

「フッ、お褒めに与《あずか》り光栄です。ホーエンハイム公爵」


邪悪なる魔術師スネイル・ジャンゴから国を救ってから数日後。俺はベイバロン城の一室にて、ホーエンハイム公爵に褒められまくっていた！

そうそう、リゼくんってば国を救っちゃったわけよ!?　あのままだと間違いなく竜モドキどもは他の領も襲ってただろうし、取り返しのつかないことになってたって！

それを何とかしちゃうとか……はぁ～～～、まさに俺こそ平和の使者だな。ジャンゴ領の民衆も俺のことを「英雄様ッ！」「救世主様！」って褒めてくれてるし、いやぁ参っちゃうね！　流石《さすが》は処女受胎で生まれた子、リゼくんですな。

「それで公爵、ジャンゴ領の扱いについてですが……」

「うむ、我が裁量で貴殿にくれてやろう！　それと今回の活躍は国王の耳にもすでに入っておる。一か月後に謁見しに来いとのことだ」

おぉ～～～～～～～～～！！！

リゼくんの有能っぷりがついに王さまにまで伝わっちゃったかぁ！　やったー！　謁見だよ謁見!?

俺が内心ニヤニヤしてると、なぜかホーエンハイム公爵がいたずらっぽい顔付きをする。

「ククク ッ……謁見を許した男が〝こんな城〟の持ち主だと知ったら、あの傲慢なる国王はどう思うことか……！」

そう言って俺の漆黒城を見るホーエンハイムおじさん。

えっ、そりゃぁ喜んでくれるっしょ！　王城のデザインを丸パクリして色を変えただけとかリスペクト精神あふれまくりっすよ！　熱烈なファンだと思われること間違いなしだってッ！

あ、それとホーエンハイムおじさん。いくら公爵家の生まれで親戚筋だからって、〝傲慢なる国王〟なんて呼んじゃいけないと思いますよ？

「公爵、言葉遣いには気を付けたほうがいい。国王様には常に礼節をもって接さねば……」

「グハハハハハハハハッ！　どの口が言うか、まったくッ！　まぁ貴殿のことは〝王家に対して強く敬意を持っており、とても従順な態度を示している〟と伝えておいたからな。無事に国王に会えるはずだ」

おほぉ！　俺の王家に対する忠義度を嘘偽《うそ》りなくストレートに伝えてくれるとか、さすがはホーエンハイムおじさんだ！

いやー、本当に嬉《うれ》しいなぁ！　ベイバロン領の底辺領主が国王様と顔合わせできる日が来るなんて、きっとご先祖たちは草葉の陰で嬉し泣きしてるよッ！

よくわからない危険生物になっちゃったスネイルくんにめちゃくちゃ感謝だね！！！

俺の手柄になってくれてありがとー！

——あ、そうだ！　いいこと考えちゃった！

「……ホーエンハイム公爵、二つ提案があるのですがよろしいでしょうか？」

「ふむ、申してみよ」

「ではまず一つ……俺の活躍を祝してパーティーを開きませんか？　この地方の貴族たちを呼び集めましょう。

そしてもう一つ。国王様をそのパーティーに招いてみませんか？」

「むぅ!?　他の貴族たちに加え、〝この城〟に国王を呼ぶだとぉ!?」

そうそう、とってもいい考えだと思うんだよね！

元々この城は、貴族たちを呼び集めてベイバロン領の良さを知ってもらうために建てたものなんだよ。だから何か機会があったら貴族連中は誘うつもりでいたし、ついでに国王様も来てくれたら、国中にベイバロン領の良さが広がるじゃん!?　観光客いっぱい来てくれるようになるじゃーん！　やったー！

そしたらわざわざ王都に顔を見せに行かなくても済むようになるし、俺ってば頭良すぎかよー！

「公爵、ぜひとも国王様にはこうお伝えください。〝ベイバロン領の現状を、どうかその目で見て欲しい〟と」

「ふ、む……ああ、わかった……いいだろう！　貴殿の卓越した頭脳を信じ、ここは言う通りにしてみようではないか！」

うむ、やっぱりホーエンハイムおじさんは見る目があるなぁ！　ＩＱ３００（自己測定）の俺に対して「お前よりもナメクジのほうが思考力ありそうだ」と言いやがったアホ親父《おやじ》とは大違いだぜッ！

ふふふふ、早くパーティーしたいなぁ！　どうなるか楽しみだぜーーーーーッ！

第三十二話　リゼくんを殺そう！

夜道を走る馬車の中、ホーエンハイムは月を見上げながら思う。

――やはりリゼ・ベイバロンこそ、自分が求めていた『英雄』だったと。

民のために全力を尽くし、民と共に笑い、そして民を守るためならばドラゴンを打ち破るほどの力を発揮できる存在――これを英雄と呼ばずして何という？

邪悪なる領主・スネイルが竜の力を取り込んで領地を壊滅させたという報告を受けた時には驚愕《きょうがく》したが、それをリゼが解決に導いたという結末を知った際には、さらにホーエンハイムは驚いた。

盟友としてリゼの回復魔法の力量は聞き及んでいたが、まさか三百メートル級の超大型竜をほぼ一人で倒してしまうほどの実力者だとまでは思っていなかった。

さらには、スネイルによってモンスター化させられてしまった数十万人の人々を全員救ってしまったという話だ。まるで意味がわからない。

「やれやれ……誇らしすぎる我が盟友よ、国王への報告作業は骨が折れたぞ？」

馬車の中でにやけながら愚痴る。

これまでホーエンハイムは、ベイバロン領の情報を王都に流れないように工作し続けていた。

増えまくるドラゴンや急激に規模を広げていく『デミウルゴス教』について必死で隠し通してきたのも彼である。パレスサイド領を実質的に支配下に置いたという話も内密にしていた。

今回も、スネイルが変身した超大型竜は数多《あまた》の兵士を犠牲にして倒したとし、リゼが生み出したという巨大な大樹はスネイルの術式が暴走して生まれた――という設定にしておいたが、流石にもう無理がある。王都からの調査員が送り込まれてくるのは時間の問題だった。


おそらくはリゼもそれを察してか、ついにあの反逆精神に溢《あふ》れまくった漆黒城に国王を呼び込むことにしたのだろうとホーエンハイムは推測していた。

「フッ……ついに始める気なのだな。一世一代の大戦争を……ッ！」

熱き血潮を滾《たぎ》らせながら、ホーエンハイムはグッと大きな手のひらを握り締める。

王城のデザインを完全にコピーして真逆の色で染め上げられた城など見せつけられたら、国王はブチキレること間違いなしだ。

いいや、それ以前に『最底辺の男爵が王族を領地に呼びつける』という無礼極まる行為を働いた時点で、激怒されるに決まっていた。

こんな非常識な真似《まね》が出来るのは、国と戦う覚悟が出来た『反逆者』か何も考えてない幼児くらいだろう。間違いなく前者だとホーエンハイムは確信している。

「我が素晴らしき盟友よ、貴殿からのメッセージは必ず国王に届けてみせよう！　ああ、あの老害がどんな顔をするのか今から楽しみだ！」

――こうして、ホーエンハイム公爵は高笑いを上げながら、ベイバロン領を後にしていくのだった。

……ついに最後の最後まで、自分の盟友がナメクジ以下の思考力しかない天然鬼畜野郎だとは気付かずに……ッ！

◆
◇
◆

「――陛下ッ！　リゼ・ベイバロンという男は処刑すべきですッ！」

「陛下に対して『領地を見に来い』とは何たる無礼！　国家のためにも処刑しましょう！」

「どうせベイバロン生まれの時点で馬鹿か鬼畜かやばい奴《やつ》に決まってますよ！」

はたして……ホーエンハイムが推測した通り、王城の会議室は荒れに荒れた。

リゼからの伝言を聞いた重鎮たちは、皆一斉に「かの底辺領主を処刑すべきだ！」と吼《ほ》え叫ぶ。


――しかしそこで、年を重ねた温和な声が待ったをかけた。


「皆の衆、落ち着くがよい。……たしかに常識に欠けた言葉ではあるが、リゼという者はドラゴンを倒した英雄であるとホーエンハイムは言っていたではないか」

『っ――!?』

老人の言葉に重鎮たちは黙りこくる。

そう――反論など出来るわけがないのだ。

円卓の上座より重鎮たちを黙らせたその者こそ、この『グノーシア王国』の絶対的支配者『ヤルダバート・グノーシア』であるのだから。

頭上の王冠を光らせながら、王は厳かに言葉を続ける。

「リゼという者はこう言ったそうじゃな。〝我が領地の光景を、実際にその目で見て欲しい〟と。

なるほど……ベイバロン領と言えば荒廃した土地として有名なところじゃ。遠回しに支援して欲しいと言っているのじゃろう」

「そっ、それを陛下に訴えるなど、言語道断で――！」

「ほう……儂《わし》が意見を述べているときに口を挟むとは、それは言語道断ではないのか？」

「っ!?　そそそそっ、それは!?　あの、あのっ!?」

垂れた瞼《まぶた》の下で輝く双眸《そうぼう》に見つめられ、慌てて謝罪する重鎮の一人。

だが、今さら何を言おうが遅い。壁際に控えていた二人の兵士が無言でその男の腕を掴《つか》むと、無理やり外へと引きずっていくのだった。

王の機嫌を損ねた者は、赤子だろうが即処刑。それが、このグノーシア王国の法律第一条であるのだから。

『やっ、やめ――ぎゃぁあああああああああああああっ!?』

――扉の外で響く絶叫。それを聞いて冷や汗を流す重鎮たちを前に、ヤルダバート王は続きを述べる。

「さて、話を続けようかの。……儂としては、リゼ男爵の望みを叶《かな》えてやってもよいと思っておる。結果を出した者は報われるべきじゃ。食糧が欲しいというなら好きなだけくれてやるわい。

だがしかし、王である儂は多忙な身。流石《さすが》に領地を見に行ってやることまでは出来ん。そこで――第四十八王子・ヨハンよ」

「は、はひぃいいっ！」

王の言葉に小柄な少年が慌てて立ち上がった。

彼こそはヤルダバート王が作った四十八人目の世継ぎ、ヨハン王子である。男のくせに無駄に伸ばした髪と気の強そうな紫色の瞳をしている少年だが、流石に偉大過ぎる老王の前では緊張に震え、というか涙目寸前だった。

「ヨハンよ。儂の代わりにお前がベイバロン領に行ってこい」

「えっ!?　ちょっ、ベイバロン領って頭おかしい連中がウヨウヨいるクソ田舎ですよね!?　ぶ、ぶっちゃけボクって都会っ子だから、そんなところには行きたくないなぁーって……」

「あー、この国の法律第一条はなんじゃったかのぉー。儂、ジジイだから忘れてしもうたわぁー」

「ひぃっ!?　い、行きます！　ぜひとも行かせてください！！！」

泣きながら答えるヨハンに、ヤルダバート王も満足げに頷《うなず》く。

「それでよいわ。というかそのためにお前をこの場に呼んだんじゃからな。どうせ末の子だから死んでも問題ないし」

「えっ、ひどくない!?」

「――というわけで、会議を終了する！　ほぉれ貴様ら、さっさと散れ散れッ！」

王の解散命令に背を押され、足早に退散していく重鎮たちと生贄《いけにえ》の王子。

護衛を任されていた兵士たちもいなくなり、円卓の会議場はヤルダバート王一人になるのだった。


かくして彼は誰も居なくなった瞬間――頬を淫らに歪《ゆが》ませ、大爆笑を張り上げたッ！

「ガハグハハハハハハハハッ！！！　よもや王を呼びつけるとは、リゼ・ベイバロンという男め！　貴様はなんと愛《う》い奴なのじゃッ！」

面白くて面白くて仕方がないとばかりに、豪奢《ごうしゃ》な円卓を手で叩《たた》くヤルダバート王。その姿は絶対的な老王というよりも、まるで新しい玩具《おもちゃ》を見つけた子供のようであった。

そう――彼はずっと求め続けていたのだ。

自分に、そしてこの国に反逆してくれる、理想の『英雄』の登場をッ！

「グヒヒヒ……ッ！　臣下どもには〝支援を求めているのだろう〟と言ってやったが、そんなわけがあるかッ！

これほど非常識な真似が出来るのは、国と戦う覚悟が出来た『反逆者』か何も考えてない幼児くらいじゃッ！　ああ、間違いなく前者じゃッ！　リゼという男は、儂に喧嘩《けんか》を売っておるッ！！！」

自身を脅かさんとする存在の出現に対し、ヤルダバートはどこまでも嬉《うれ》しげに笑い続ける。

当たり前だ。むしろ彼にとっては本望だったのだ。そんな存在が現れることを願って、ヤルダバートは様々な手を打ち続けていた。

「リゼよ……儂はずっと、お前のような男の登場を待っていたぞ……！

儂が生まれてから百三十年。ソフィア教を大いに盛り立て、〝魔法は神が与えた力。平民どもを躾《しつ》けるためならばともかく、奴らの生活のために使うなど言語道断〟――という選民的思想をより根強いモノにし、平民どもの心に憎悪を溜《た》めさせ続けた。

獣人やドワーフたちの国を侵略し、奴らを奴隷として攫《さら》い、各地に反逆の火種を作り続けた。そして――ベイバロン領という反逆者たちの逃げ込み先を、あえて放置し続けた……！」

その成果が今、ついに咲き誇らんとしている――ッ！

ヤルダバートは涎《よだれ》をダラダラと流しながら想《おも》う。

リゼという男と総力を挙げて潰し合い、殺し合う瞬間のことを……！

「あぁ、リゼよッ！　ずっとずっと求め続けた儂の愛《いと》しい反逆者よ！

どうか儂の渇きを癒してくれ――権力も才能も総《すべ》てが揃《そろ》い過ぎた儂に、『全力の戦い』というものを味わわせてくれッ！！！

そのためにゴミみたいな性格のヨハンをくれてやったッ！　王族に対する憎しみのままに、そいつを滅《め》茶《ちゃく》苦《ち》茶《や》にぶっ殺して、どうか開戦の火蓋を切ってくれぇぇぇぇぇぇぇぇぇ！！！」

殺意に燃える英雄と果てるまで殺し合う瞬間を夢想しながら、ヤルダバート王は笑い続ける。

こうして――夢が叶いそうな期待感に目がくらみ、ヤルダバート王はまっっったく気付くことはないのだった。

リゼ・ベイバロンという男が、『ベイバロン領いいところになったよ！　王サマほめてほめてっ！』という殺意ゼロの理由で王を領地へ呼び込んでいることなんて……！

「ついに現れた理想の男よッ！　熱き心と崇高なる志を持った反逆者よッ！　儂の全力をぶつけてやるわ！！！
貴様のためなら構わない——限界まで延命を重ねた我が百三十年の生涯が、たとえ終わりになろうとなぁ！」

かくして……頑張って百三十年生きてきた王様は、残りわずかな生命力をアホのために使い果たそうとしているのだった……ッ！

番外編1　リゼくんを生もう！

『テメざッけんじゃネェぞアァァアァァアンッッ!?　元死刑囚舐《な》めてんのかオォォォォオオンッ!?』

『何だとオラァァアァアンンッ!?　伝染病移すぞアァアアアンッ!?』


……朝っぱらから最悪の気分だった。

外から聞こえてくる異常者どもの叫びを聞きながら、私はボロボロの領主邸で具のないスープをズルズルと啜《すす》っていた。


結論から言おう——私の領地『ベイバロン』は完全に終わっていた。

土地はやせ細っている上に害獣は多く、作物なんてろくに採れやしない。

さらに領民もやべー奴らばかりだ。どっかの土地から逃げてきた犯罪者どもや追い払われてきた病人たちばっかだ。まともなヤツなんて私を含めて居やしない……！

問題が起きなかった日なんて一日たりともなく、貴族とは思えないほど貧しくて殺伐とした環境の中で私の心は見事に死亡。いつしか絶望顔がデフォルトになり、ついでに両親はストレスを忘れるためにヤケ酒しまくって、アルコール依存症で先日死にやがった。チクショウ、逃げるな。

そんなわけで、私は二十代も半ばにして家督を継ぎ、下級男爵『ザミエル・ベイバロン』として領民たちを治めていかなければならなくなったのだった。

はぁ……新たな領主として、ただでさえ解決すべき事案は山積みだというのに——、

「——アナタぁぁぁぁあああああああ！　今お腹《なか》の子がわたしにこう囁《ささや》いたわッ！『ママッ、アルコール飲みたいでちゅぅ！』って！！！」

何も考えてなさそうな笑みを浮かべながら、ふざけたことをほざく白髪の美女。

私の妻、『エリーゼ・ベイバロン』は今日もアホみたいに元気だった。

「……いや、キミが飲みたいだけだろうエリーゼ？　妊婦が酒はマズイって……！」

「まぁっ、なんでわかってしまったのッ!?　アナタってば天才なの!?　酔った勢いで考えなしにわたしに手を出してデキちゃった結婚することになったのに天才なの!?　すごぉおおおおおおおおおおおおおおおい！！！」

「って煽《あお》ってるのかキミはッ!?」

そう怒鳴ると、エリーゼは本当に何もわかっていないといった調子で小首を傾《かし》げた。おい、二十代の女が「ふぇ？」とか言うな。「ふぇ？」とか。

……相変わらずな様子の彼女に、私は思わず溜め息を吐《つ》く。

エリーゼは伯爵家の娘だというのに、こんな何も考えてない幼女みたいな性格のせいで、家でも疎まれていたらしい。

そこで鬱憤晴らしに（貴族令嬢のくせに）酒場に突撃したところ、同じく日常のストレスを忘れるためにヤケ酒していた私と遭遇。そのまま酔った勢いでなんやかんやということになり、気付けばこんな事態になっていたのだった……！　はぁあああ……。

そうして、数か月前の自分の愚かさに絶望している時だった。不意にエリーゼがクスクスと笑った。

「むっ、何がおかしい？」

「いえいえっ、わたしってば今、とっても幸せだなーって！　おうちではいつも一人でご飯を取らされていたのに、今はこうして二人で食べられるんだもの！——いえ、お腹の子も含めれば三人かしら？」

「っ……そうか。それはよかったな」

「もっと豪華なものが食べられればもーっとよかったんだけどねーーーーーー！」

「ってだから煽ってるのかキミはッ!?」

やれやれ……本当に貴族らしくない性格の妻だ。いつも思ったことをストレートに言ってきて、夫を立てるという発想がない。もしも普通の名家に嫁いでいたら、三日で殺されるか追い出されていたところだろう。

できればお腹の子供は彼女に似ず、思慮深い性格に生まれてきて欲しいものだ。

そんなことを考えていた、その時——、

「——オラァァァアアアアッ！　ここが領主の屋敷かぁぁぁああああ！」

突如として扉を突き破り、何十人もの武装した男たちが居間へと踏み込んできた。

誰も彼もが凶悪そうな顔付きをしていることから、おそらくはどこかから逃げてきたお尋ね者の一味なのだろう。リーダーらしき男が、剣を向けながら吼《ほ》え叫ぶ。

「クハハハハハハハハハッ！　わりぃが今日からこの地はオレたちが支配させてもらうぜぇッ！　オレたちの名は」

「——身重の妻に剣を向けるな。『ギガント・グラビティ』」

その瞬間、私が唱えた超重力の魔法によって、奴《やつ》らは一瞬にして床の染みになったのだった。

……はぁ、ゴチャゴチャと喋《しゃべ》らずに襲ってくればいいものを。

口上なんぞいちいち聞いてやるわけがあるか。その辺の名ばかり領主と違い、残念ながら荒事には慣れているのだ。最悪の土地・ベイバロンの領主を舐めすぎだろう、コイツらは。

「やれやれ……」

ああ、朝から床掃除しなければならなくなってしまった。

そのことに憂鬱になっていると、不意にエリーゼが抱き付いてきた。

「お、おい、エリーゼ!?」

「うふふっ、やっぱりアナタは素敵な人ねっ！　わたしを救い出してくれた英雄様！　わたし、アナタと結婚出来てよかったわ！」

「っ……勘違いはよせ。私は所詮、人殺ししか能のない鬼畜領主だ」

「それもそうねッッッ！」

「ってそこは否定しないのかッ!?」

——生まれてくる子供にもう一つ願っておこう。出来ればオツムは彼女に似ず、人間性のほうは私に似てくれないと助かる。

そんな思いを込めながら——我が子、『リゼ・ベイバロン』を宿した妻を、そっと抱き締め返したのだった。

なお数年後。

「――父上ぇぇぇえええええええええええええ！！！　お魚さんたちが元気にならないかな～と思って池に回復魔法をかけまくったら、藻がわきまくってお魚さん全滅しました――――――――――！！！」

「ってわぎゃぁあああああああああっ!?　何やってんだリゼェェエエエッ!?」

「まぁっ、ウチの子ってば元気いっぱいのイタズラっ子さんね！」

……結果的に生まれてきた子は、エリーゼの考えの足らなさとベイバロン家の鬼畜精神を受け継いだ地獄のような子供であった……！

ああ、この子が将来、とんでもないことをしでかさなければいいのだが……！

キャッキャと騒ぐ妻子を横目に、私は心からそう祈るのだった。

番外編２　逮捕されたよシリカちゃん！

「なんであたし逮捕されてるのぉおおおおおおおおおおおおおおおおおおおおおおおおおおおおおおおおおおおおッッッ!?」

……暗く薄暗い地下刑務所に、女の叫びが響き渡った。

彼女の名前はシリカ・パレスサイド。流れるような蒼《あお》き髪が特徴的な、水上都市パレスサイド領の女領主である。

領地の問題をみごと解決に導いた英雄リゼ・ベイバロンに憧れ、『自分も他の地で問題を解決してチヤホヤされたい！』と、（ろくでもない理由から）旅に出た彼女だったのだが――、

「うぇえええええええええええええええええええええええええんっ！　なんであたし捕まってるのぉおおお!?　水の少ない領地だっていうから、あたしのハイパーな水魔法で雨を降らせてあげただけじゃないっ！　みんな喜んでくれてたのにィイイイイイイイイッ！」

……太陽と砂漠の地『サンクレイドル』にて、彼女はとっ捕まっていた。

わけもわからずギャアギャアと騒ぐシリカに、看守がうんざりとした表情で言い放つ。

「あ～、申し訳ねぇけどなぁ旅の魔法使いさんよ。この国じゃあ、領主以外の者がこの地で魔法を使うのは犯罪なんだよ」

「知らないわよそんなのッ！」

「いや観光に来るんなら知っとけよ……！　まぁアンタの気持ちはありがたいが、領主であるドラモン様がそう決めたんだからしょうがないんだって。それに、アンタのせいで水の販売をやってるやつらが商売あがったりだって嘆いてたぞ？」

そう、地方には地方の在り方《ルール》があるのだ。そしてそこにはちゃんとした存在理由もある。

たとえばドラモンが独自に施行した『領主以外の魔法使用禁止条例』も、外様《とざま》の魔法使いが好き勝手なふるまいを行わないために作られたものだ。魔法とは貴族だけしか使えない神の力とされているが、実際は血によって受け継がれていくものである。浮気などによって、貴族の血が外に流れ出すことも少なくはない。ゆえに流れの魔法使いも稀《まれ》に存在していた。

また魔法とは強力なモノになれば何十人もの人間を一瞬で殺してしまえるほどの力があるのだから、領主が独自に規制ルールを作るのも当然である。

そして今回のように水を貴重品としている土地で勝手に雨を降らされれば、水の価値は大幅に下落してしまう。そうなれば水を宅配している者などが次々と失職し、社会は混乱してしまうだろう。既存の社会構造を守るために厳しい自然環境を自然のままにしておくことも、大切なことなのだ。

「あー、シリカさんと言ったか？　まぁ悪気はないってのはわかったが、ルールはルールだ。これからアンタには、罪人として鞭打ち《むちう》百回をだな……」

　多少理不尽かもしれないが、ルールを乱せば罰が下る。それくらい、為政者ならば納得しなければいけないのだが――、

「……鞭打ちなんて、嫌ああああああああああああああああッ！！！」

　――だがしかし、シリカ・パレスサイドは違っていたッ！　彼女はわんわんと泣き叫び、癇癪《かんしゃく》を起こした子供のように牢屋《ろうや》の中を転がりまわる！

　そのあまりにも残念な姿に看守がドン引きした瞬間……地下刑務所の入口より、大量の水が流れ込んできたのであるッ！

「ってうわあああああああああああああッ!?　なっ、なんだこりゃあああああああああああ!?　おいシリカッ、こいつぁアンタがやったのかぁあああああああッ!?」

「そうよそうよあたしが呼び寄せたのよォォオオオオオオオオッ！　うわぁああああああああああああんッ！　あたしをいじめる領地なんてみんな水没しちゃえばいいのよぉおおおおおおおおおおおおおおッ！」

「おい馬鹿やめろぉおおおおおおおおおおおッ!?」

　急いで逃げ出そうとする看守だが、押し寄せてくる大洪水の勢いによってまったく入口

に進めない！　さらにはここは地下刑務所である。水は一瞬にして内部に溜《た》まっていき、他の牢屋に入っていた犯罪者たちが次々と溺れていった！

看守は必死に背伸びをして水面から顔を出しながら、シリカを説得しようとする！

「プハッ!?　おいマジでやめてくれぇえええええッ!?　アンタまで溺れ死ぬだろうがよッ!?」

「あたしは水魔法で水に溶けられるからセーフだもん！！！」

「ってなんだそりゃあああああッ!?　てかオメェはセーフでもほかの連中はアウトだよッ！　一体この領地に何しに来たんだよぉホントッ！」

「人助けに決まってんでしょうわぁあああああああん！」

「うるせぇ人殺しがッ！　ガボッ、ガボボボボボボボボッ!?」

ついに看守が溺れ死ぬ中、グズグズと泣きながら液状化し、地下刑務所を抜け出していくシリカ。

外に出た彼女が元の姿に戻った時には、太陽と砂漠の国『サンクレイドル』は超大量の雨雲に覆われ、弾丸のように降り注ぐ異常量の雨によって大混乱に陥っていた。

「うぇえええええええええええええんっ！　もう二度とこんな領地こないんだからー！　ばーかばーか！　アホォオオオオオオオオオオオオ！」

……めちゃくちゃになるまで環境をぶっ壊し、勝手に大泣きながら去っていくシリカ。

むろん彼女には加害者意識など絶無である。『良い事をしに来てあげたのに、なんかよくわからない理由でいじめられた！』と、被害者意識一〇〇％でサンクレイドルを後にしていく。

……元々彼女は死にたくないという理由で、凶悪な魔物を放置し続けてきた女である。さらに問題が悪化して民衆からいよいよ直訴までされるようになったら、トチ狂って海賊団と契約して大量拉致事件を起こすような、わりと最悪の女領主であった。

ゆえに、追い詰められて余裕を失った時の彼女はまさに災害。しかも世間知らずで独善的な上に心の余裕も元から少ないため、自業自得で勝手に追い詰められやすいという最悪の最低っぷりであるッ！　また水魔法に関しては洪水を起こせるほどの実力者なのだからなおタチが悪い。

「グスッ、グスッ……よーし、泣いてばっかりじゃダメね！　気を取り直して別の土地に行きましょう！　リゼくんみたいな英雄目指して、シリカーファイトー！」

……かくしてシリカ・パレスサイドは様々な土地でトラブルと大災害を起こし、大犯罪者に成り上がっていくのだった。最悪である……ッ！

あとがき

はじめまして、馬路まんじです！！！！！！　原稿が締め切りギリギリに上がってもはやあとがきを書いてる時間もないので、とにかく走り書きでいっぱいビックリマークを使って文字数を埋めていきますッッッッッ！！！！！　トラック受け止め転生ワタル！！！！！！！！！！

『底辺領主の勘違い英雄譚《たん》1』、いかがだったでしょうか！！！？　自分のことを善良な英雄だと勘違いしたやべーやつがやべーパワーでやべーやつらを妄信させてやべー領地を作り出していくやべー話です！！！！　楽しんでいただけたみなさんはきっとやべーいい人です！！！！　ネットのドチャクソアンチどもが滅びてその寿命が皆さんに還元されたらわたしはとっても嬉《うれ》しいです！！！！！！！！！！！！！！！！！！

元々は小説家になろう様で連載していた話でしたが、出版社オーバーラップ様とかいう異世界最強過ぎる存在に拾われて全国の書店様に並べられることになりました！！！　WEB版を読んでいた上に書籍版も買ってくださった方、本当にありがとうございます！！！！！！　今まで存在も知らなかったけど表紙やタイトルに惹《ひ》かれてたまたま買ってくれたという方、あなたたちは運命の人たちです！！！！！　ツイッターでJカップ淫乱猫耳バーチャル美少女をやってるので、購入した本の画像を上げてくださったら好きな淫語を言ってあげます！！！！！！！！！　**美少女淫語交換チケット**として『底辺領主』を友達や家族や知人や近所の小学生にぜひぜひぜひぜひオススメしてあげてください！！！！！！！　よろしくお願いします！！！！！！！！

　そしてッ！　この場を借りて、わたしにイラストのプレゼントやア○ゾン欲しいものリスト（**死ぬ前に食いたいものリスト**）より食糧支援をしてくださった方々にお礼を言いたいです！！！！！

　高千穂絵麻（たかてぃ）さま、皇夏奈ちゃん、磊《こいし》なぎちゃん（**ローションくれた**）、おののきももやすさま、まさみゃ～さん、破談の男さん（**乳首ローター送ってくれた！**）、たわしの人雛田黒さん、ぽんきちさん、無限堂ハルノさん、明太子まみれ先生、がふ先生、ふにゃこ先生、朝霧陽月さん、セレニィちゃん、リオン書店員さん、さんますさん、Harukaさん、黒毛和牛さん、るぷす笹さん、味醂味林檎さん、不良将校さん、8さん、走れ害悪の地雷源さん（人生ではじめてクリスマスプレゼントくれた……！）、ノベリスト鬼雨さん、パス公ちゃん！（イラスト10枚くらいくれた！）、ハイレンさん、蘿蔔《すずしろ》だりあさん、そきんさん、織侍紗《おささ》ちゃん（**デスソース送ってきやがったッ！**）、狐瓜和花さん、鐘成さん、手嶋柊。さん、りすくちゃん！（**現金くれた**）、いづみ上総さん！（**現金くれた**）、ベリーナイスメルさん、ニコネコちゃん（**チ○コのイラスト送ってきた**）、瀬口恭介くん（**チ○コのイラスト送ってきた**）、浜田カヅエさん、矢護えるさん（**クソみてぇな旗くれ**

た）、ＡＳＴＥＲさん、グリモア猟兵と化したランケさん（**プロテインとトレーニング器具送ってきた**）、かへんてーこーさん（**ピンク○ーター送ってきた**）、ぉ拓さんちの高城さん、方言音声サークルなないろ小町さま（**えちえちＣＤ出してますっ！**）、ちびだいずちゃん（**仮面ライダー変身アイテムくれた**）、コユウダラさん（**リョナ画像くれた**）、あとオ○ホ送ってきた人！！！！！　本当にありがとうございましたーーーー！　ほかにもいつも更新するとすぐに読んで拡散してくれる方々などがいっぱいいるけど、もう紹介しきれません！！！！！　ごめんねえええそしてありがとねえええええええ！！！！！！！！！！！(;ω;)

そして最後に、素晴らしいイラストを届けてくれたイラストレーターのファルまろさまとッ、右も左もわからないわたしに色々と教えてくださった編集の樋口晴大さまと製本に携わった多くの方々、そして何よりもこの本を買ってくれた全ての人に、格別の感謝を送ったところで締めにさせていただきたいと思います！　本当に本当にありがとうございましたああああああああ！

予定されているコミカライズ版も、どうかお楽しみにーー！

というわけでページが余ったので、フォロワー様にいただいたプレゼントコーナーです！　いぇいいいぇい！

・ハイまずは『食糧セット』！　こちらを食べて生きています！　ありがてぇ、ありがてぇ！　(´;ω;`)　身体は支援で出来ていた……！

・はい次に、『淫具セット』！　ってぉおおおおおい!?　美少女作者に贈る物じゃないんですけどぉおおおお!?（´;ω;｀）

※流石にそのままでは載せられないのでボカシ加工しました（担当編集）。

・はい最後に、『変身グッズ』！　ってこんなの送られても困るわボケェーーー！

(´;ω;`)

作品のご感想、
ファンレターをお待ちしています

あて先

〒141-0031
東京都品川区西五反田 7-9-5 SGテラス 5階
オーバーラップ文庫編集部
「馬路まんじ」先生係 ／「ファルまろ」先生係

PC、スマホからWEBアンケートに答えてゲット！

★この書籍で使用しているイラストの『無料壁紙』
★さらに図書カード（1000円分）を毎月10名に抽選でプレゼント！

▶https://over-lap.co.jp/865546392
二次元バーコードまたはURLより本書へのアンケートにご協力ください。
オーバーラップ文庫公式HPのトップページからもアクセスいただけます。
※スマートフォンと PC からのアクセスにのみ対応しております。
※サイトへのアクセスや登録時に発生する通信費等はご負担ください。
※中学生以下の方は保護者の方の了承を得てから回答してください。

オーバーラップ文庫公式 HP ▶ https://over-lap.co.jp/lnv/

OVERLAP

底辺領主の勘違い英雄譚 1
～平民に優しくしてたら、いつの間にか国と戦争になっていた件～

発　　行　2020年4月25日　初版第一刷発行

著　　者　馬路まんじ
発 行 者　永田勝治
発 行 所　株式会社オーバーラップ
〒141-0031　東京都品川区西五反田 7-9-5
校正・DTP　株式会社鷗来堂
印刷・製本　大日本印刷株式会社

Printed in Japan ISBN 978-4-86554-639-2 C0193

オーバーラップ文庫
――そして、少年は〝最強〟を超える。
ありふれた職業で世界最強
ARIFURETA SHOKUGYOU DE SEKAISAIKYOU
WEB上で絶大な人気を誇る
“最強”異世界ファンタジーが書籍化！
クラスメイトと共に異世界へ召喚された“いじめられっ子”の南雲ハジメは、戦闘向きのチート能力を発現する級友とは裏腹に、「錬成師」という地味な能力を手に入れる。異世界でも最弱の彼は、脱出方法が見つからない迷宮の奈落で吸血鬼のユエと出会い、最強へ至る道を見つけ――!?
著 白米 良 イラスト たかやKi
シリーズ好評発売中!!

オーバーラップ文庫
現実主義勇者の王国再建記
Re:CONSTRUCTION
THE ELFRIEDEN KINGDOM
TALES OF REALISTIC BRAVE
この国を作るのは「俺だ」
「おお、勇者よ!」そんなお約束の言葉と共に、異世界に召喚された相馬一也の剣と魔法の冒険は――始まらなかった。なんとソーマの献策に感銘を受けた国王からいきなり王位を譲られてしまい、さらにその娘が婚約者になって……!?
こうしてソーマは冒険に出ることもなく、王様として国家再建にいそしむ日々を送ることに。革新的な国家再建ファンタジー、ここに開幕!
著 どぜう丸 イラスト 冬ゆき
シリーズ好評発売中!!

オーバーラップ文庫
ひとりぼっちの異世界攻略
チートに頼らず、チートを超えろ
[“最強”にチートはいらない]
高校生活を“ぼっち”で過ごす遥《はるか》は、クラスメイトとともに異世界へ召喚される。気がつくと神様の前にいた遥は、数々のチート能力が並ぶリストからスキルを選べと告げられるが——スキル選びは早い者勝ち。チートスキルはクラスメイトに取り尽くされていて……!?
著 五示正司 イラスト 榎丸さく
シリーズ好評発売中!!

第8回 オーバーラップ文庫大賞
原稿募集中!
イラスト:ミユキルリア
思いをコトバに。夢をカタチに。
【賞金】
大賞…300万円
(3巻刊行確約+コミカライズ確約)
金賞……100万円
(3巻刊行確約)
銀賞………30万円
(2巻刊行確約)
佳作………10万円
【締め切り】
第1ターン 2020年8月末日
第2ターン 2021年2月末日
各ターンの締め切り後4ヶ月以内に佳作を発表。通期で佳作に選出された作品の中から、「大賞」、「金賞」、「銀賞」を選出します。
投稿はオンラインで! 結果も評価シートもサイトをチェック!
https://over-lap.co.jp/bunko/award/
〈オーバーラップ文庫大賞オンライン〉
※最新情報および応募詳細については上記サイトをご覧ください。
※紙での応募受付は行っておりません。